銀色の絆(上)

雫井脩介

PHP
文芸文庫

○本表紙デザイン＋ロゴ＝川上成夫

銀色の絆（上）◆目次

1

「え、こんな狭い道を歩くの？」

かつかつとショートブーツのヒールを鳴らして歩いていた児島千央美《こじまちおみ》が、にわかに歩みを緩《ゆる》め、民家が迫る左右を見ている。

「もう、すぐそこだから……ほらそこ」

藤里小織《ふじさとさおり》は二カ月ほど前に契約した自分のアパートを指差した。

「へえ、こんなとこにアパートがあるんだ。よく掘り出してきたねえ」

「けっこう探したからね」

古びたアパートに別の意味で感じ入っていた様子の千央美だったが、小織が部屋に招き入れると、今度は素直に感心したような声を出した。

「ああ、でもきれい……ちゃんと片づいてるね」

「そう？　物が少ないからかな」

「それだけじゃないと思う。私はもっと適当だもん……てか、テレビがない！」千央美は部屋をぐるりと見回して声を上げた。

「うん、そのうち買おうとは思ってるけど」

「テレビって、何より先に買うものでしょ。パソコンより先に買えって話よ」

「パソコンは学校で使うから」小織は言う。「テレビは、前からほとんど見てなかったし……オリンピックも終わっちゃったしね」

「オリンピック……？」千央美は怪訝《けげん》そうに呟《つぶや》きながら、小さなラックに目を向けた。「うわ、CD、クラシックばっかじゃん」

「映画音楽もあるよ」

「う―ん、『ロミオとジュリエット』はともかく、『ブレイブハート』『マスク・オブ・ゾロ』『太陽がいっぱい』……って趣味渋《しぶ》くない？」

「うん、ジェームズ・ホーナーとか、ニーノ・ロータとか好き」

「映画音楽の作曲家買いする人なんているんだ」

千央美はそう言い、不思議なものでも見るような目で小織を見た。

小織はそれに構わず、ローテーブルの前に座った。

「じゃあ、レポート片づけよっか」

「いきなり？」千央美は呆《あき》れたように言う。「レポートも大事だけど、せっかくこうやって部屋に来たんだからさぁ、ちょっとお喋《しゃべ》りでもしようよ。ほら、お酒も持ってきたし」

千央美は小織のはす向かいに座ると、自分のバッグから缶チューハイを取り出してみせた。

「小織ちゃん、クラスコンパのときもバイトがあるとかで欠席したでしょ。だから、今日は飲むよ」

「私、お酒飲めるかなぁ？」

小織が言うと、千央美は眉《まゆ》をひそめた。

「飲んだことないの？」

「ないよ」

「浪人時代に予備校仲間とかと飲んだりしなかった？」

「予備校行かなかったもん。ただ家で勉強して、バイトしてって生活だったから」

「そうなんだぁ」千央美は呆気《あっけ》に取られた顔をしてから、不意に好奇心を覗《のぞ》かせたような笑《え》みを浮かべた。「小織ちゃんて、何か変わってる」

「そんなことないよ」

千央美は首を振る。「私、小織ちゃんが浪人してたって知って、話が合うかもって思ったんだよねえ。でも、何かやっぱり、私とは違うわ」

「そんなことないってば」小織は困り加減に笑った。

「私、最初に小織ちゃん見たとき、何かお嬢さんっぽい育ちの子に見えたんだよねえ。背筋が伸びてて、バレエやってましたみたいな雰囲気あって」

「まあ、ちょっとはかじってたけど」

「やっぱり？」千央美は身を乗り出した。「でもさぁ、うちの大学って、そんな育ちのいい子が集まる学校でもないじゃん。田舎《いなか》の公立で学費安いのがとりえみたいなもんだし」

「うん、私も学費で選んだ」小織は笑う。

「こんなとこ住んでるしね！」千央美は無遠慮に言った。「何なの？　小織ちゃんは何者？」

「何者って言われても……」

「少なくとも、私みたいに高校時代遊びまくって浪人したんじゃない気がする。勉強好きそうだし、テレビも見ないって言うし」

「うん……」小織はうなずいた。「私の場合、勉強してたら怒られたから」

「え？　誰に？」千央美がきょとんとする。

「お母さんに」小織は軽く笑って答える。「『勉強なんかしてる場合じゃないでしよ！』って引っぱたかれたりした」

「何それ⁉」千央美は目を見開いた。「勉強せずに何しろって言うの？」

「スケート」

「スケートって、あの、回ったりジャンプしたりするやつ？　それとも全身タイツでトラック回るやつ？」

「回ったりジャンプしたりのほう。フィギュアスケート」

「平松希和《ひらまつきわ》とか大塚聖奈《おおつかせいな》とかがオリンピックに出てたやつでしょ？」

「そう。一緒に練習してた」

「すごーい。そんなことやってたんだぁ」千央美は心底驚いたように、感嘆混じりの声を出した。「でも、あれって、めちゃめちゃお金かかるんでしょ？　お金持ちしかできないって聞くけど」

「うん……だから、お母さんも必死だった」

「そっか、お金かかってるんだから、もっとがんばりなさいって感じ？」

「うちのお母さん、希和ちゃんを怒鳴《どな》りつけたこともあるよ」

「あの〝氷上のプリンセス〟を？　ちょっと、何それ？　面白い」

千央美は興奮したように言い、缶チューハイを小織に一本寄越《よこ》した。

「とりあえず飲もうよ。そんで、話してよ」


〈今日は、ちょっと大事なお客さんとの食事が入った。だから、飯はいらないし、そっちで適当にやってくれ〉

「そう……はい、分かったわ。食後の薬は忘れないようにね。じゃあ、私たちはこれから練習に行ってくるから。先に帰ってきたら、お風呂《ふろ》にでも入ってて」

〈分かった。気をつけて〉

「あなたもあんまり飲みすぎないように」

森内梨津子《もりうちりつこ》は夫・康男《やすお》との電話を切り、彼の夕飯用にと作った揚げ物の皿にラップをかけた。ゆっくりする時間もないし、今日は自分も外で済ませようと思った。

「小織、食べたら、お皿を持ってらっしゃい」

ダイニングテーブルを見ると、娘の小織は食べ終えた皿を脇にどけて、学校のノートを広げていた。

「宿題？」

「うん……いっぱい出たから」

「練習はどうするの？」

「行くよ」

小織は東急田園都市線沿線にある私立中学に通わせている。高校までエスカレーターの女子校だ。高校入試がない代わりに、中学三年生の今年は何かと宿題が増えた。今までも、スケートの競技会などで学校を休むことがあると、小織だけに特別の宿題が出ることがあったが、今年はそれに加えて、普段からの宿題も多くなった。

梨津子は宿題に向かっている小織を横目に、皿を片づけて食器洗浄機に入れ、彼女のスポーツバッグを持ってきて、練習用ソックスやタオル、手袋などをそこに入れた。

「さあ、そろそろ行かないと遅れちゃうわよ。宿題は持っていきなさい」

小織を急《せ》き立て、練習着に着替えさせると、彼女にスポーツバッグを押しつけて、梨津子はシューズケースを抱《かか》えた。戸締りをしてエレベーターに乗る。地下の駐車場まで降り、BMWの後部座席に小織とシューズケースを押しこんだ。

マンションのあるたまプラーザから新横浜までは十キロ程度だが、夕方で道が混んでいることもあり、また、梨津子自身、遅刻をすることが嫌いな性格なので、いくら余裕を持って出ても、気忙《きぜわ》しさは消えない。

新横浜に着いてスケートセンターの前で小織を降ろすと、梨津子は車を駐車場に回した。トランクからダウンコートを出してスケートセンターに入り、二階の客席に上がった。ようやく夏が終わった今の時期、ダウンコートなど持つだけで暑苦しいが、ここでは必需品となる。

ちょうど一般滑走《かっそう》の時間が終わり、ちびっ子スケーターらがリンクを出ていくところだった。これから整氷機がリンクを回って氷をピカピカにし、そのあと小織らジュニアの選手を中心にした個人レッスンが始まる。

やがて整氷が終わり、コーチ陣がリンクの周りに姿を見せた。そしてレッスンを受ける選手たちがいっせいにリンクに入ってきて、コーチ陣に小さく頭を下げながら挨拶《あいさつ》して回っていく。

小織もその中にいた。黒の練習用コスチュームに、オーバーブーツのタイツを穿《は》いている。このスケートリンクには十人を超すスケートコーチが所属しているが、選手が教えを請《こ》うのは、契約した一人のコーチである。小織の場合は、十年来の師《し》匠《しょう》である坂本寛子《さかもとひろこ》先生だ。

小織が寛子先生のもとに寄り、二言三言のやり取りをしてから滑《すべ》り始めた。

「小織ちゃんは、もうちょっと欲が出るといいんですけどねえ」

寛子先生は梨津子と顔を合わせると、小織に笑みを向けながらそんな言い方をしたりする。センスはあると思うのだが、練習でも試合でも根性のようなものが足りないというのだ。もっとがんばれって、お母さんからも言ってあげてくださいねと……。

時代錯誤《さくご》とまでは言わないが、今どき根性と言われても困るなと思いながら梨津子はそんな話を聞いている。小さな頃からバレエやピアノなどと一緒に習わせ、最終的に一番性《しょう》に合っていた様子のフィギュアスケート一本に絞《しぼ》ったものの、母親としては、あくまで習い事の一つをさせているという感覚でしかなかった。年に何回かある発表会に、我が子がきれいな衣装を着て練習の成果を見せる。それを客席で観るのが、こういう習い事をさせている親の特権であり、醍醐味《だいごみ》である。

今年ようやくバッジテストの七級をパスした小織は、技術の習得具合という意味では、同年代の中でも悪くはないほうであるらしいが、かといって、天才的な才能の片鱗《へんりん》を見せているわけでもない。トリプルジャンプでマスターしているのは二種類だけだ。例えば、オリンピックを目指すようなレベルの選手であれば、小織の年代でもう五種類のトリプルジャンプが跳《と》べたり、トリプルートリプルの連続ジャンプが跳べたりする子がいるらしい。

そんな中で、自分の子どもにセンスがあると言われても、たかが知れているとしか思えない。まあ、何種類もジャンプが跳べたところで、梨津子にはその違いがあまりよく分からなかったりするので、その価値にも思いがいかないということもある。

「森内さん！」

呼ばれて振り向くと、客席の入口あたりに大橋史子《おおはしふみこ》と中原晴美《なかはらはるみ》が立っていた。二人とも小織と同学年の女の子を持つスケートママ仲間だ。

「お茶でもどう？」

「私、お腹《なか》がすいてるんだけど」

「じゃあ、ちょっと食べられるとこに行きましょうよ」

子どもが練習している時間、ぼんやり見ていても仕方がないので、スケートママ仲間と外に出て買い物をしたり、お茶や食事をしたりすることが半ば日課になっている。同じ専業主婦で、歳《とし》もあまり離れておらず、経済的にもそれほど苦労していないので、お互い変に気を遣《つか》うこともない。車や洋服や持ち物のことになると、多少牽制《けんせい》しながら張り合ったりもするのだが、それもある意味では楽しみの一つだった。そうやって彼女らとは何年も付き合ってきた。

「あら、そのワンピース、今年の？」

ダウンコートを脱いだ梨津子に、史子が目を走らせた。

「うん、秋物。まだ早いかなって思ったけど、ちょっと着てみたくて」

「私もそろそろ秋物買わなくちゃ。軽いトレンチとか欲しいのよねえ」

スケートセンターを出て、街を歩く。新しいパスタ屋がオープンしていたので、そこに入ってみることにした。

「そろそろ髪切らなきゃいけないけど、一日がかりだから、なかなか行けないのよねえ」

「いつもどこで切ってるの？」

「青山」

「いちいち青山まで行くの？　自由が丘あたりにいいお店あるわよ」

「うん、でも、フェイスエステなんかもその系列で利用してるから」

バブルを謳歌《おうか》してきた世代でもあり、四十半ばにきても枯れる気配はまったくない。

それぞれ、パスタや飲み物を前にしながら、お喋りは続いた。

「京香《きょうか》の受験が心配なのよねえ。受験が終わるまで、練習休ませたほうがいいかしら？」

史子の娘の京香は中学受験で第一志望の学校に落ち、高校受験でのリベンジを目論《もくろ》んでいる。

「受験もスケートもは大変かもね。でも、全部休ませちゃうと、スケートはもういいやってなっちゃうわよ」

晴美の娘の博美《ひろみ》は大学までエスカレーターの学校に行っているので、口調も気楽そうだ。

「正直、私自身はそろそろいいんじゃないかって気はしてるのよね。これからどうがんばったって、全日本クラスになれるわけでもないだろうし」史子は苦笑気味に言う。

「スケートやめて、何やらせるの？　高校生でいきなり自由にさせたら、遊んじゃって大変よ」

「ああ、そっか……でも受験を第一に考えるとなぁ……」史子としても悩みどころらしい。「お二人はいいよね。うちも中学のとき、受かってたら、バタバタしなくて済んだんだけど」

「うちもあと三年の猶予《ゆうよ》ね」梨津子は言った。「大学のときは悩まなきゃいけなくなるわ」

「小織ちゃんはこのままがんばれば、スポーツ推薦《すいせん》で取ってくれるとこ出てくるんじゃない？」

「え？」

小織は確かに、京香や博美に比べて競技会の成績もよく、一段上のレベルにはいるようだが、スポーツ推薦で大学に入るとなれば、まだまだ相当がんばらなければならない気がする。

「うーん……それは勉強で入るより難しいんじゃない？」

梨津子が言うと、晴美が首を振った。

「小織ちゃんは期待できるわよ。だってトリプルは、ループやフリップだって、ちゃんと降りてるときあるもの」

「えっ？」

梨津子が眉をひそめて声を出すと、逆に怪訝な顔をされた。

「『えっ？』って、見てないの？　三回に一回はちゃんと跳べるわよ」

晴美は自身も子どもの頃にスケートを習っていた経験があり、娘も姉妹二人を習わせていることもあって、技術などの話は梨津子たちよりも詳しい。

梨津子はジャンプの種類など、ある程度の違いは分かっていても、ぱっと跳んだのを見て何ジャンプだと判断できるような目は持っていない。トウ（つま先）を突いたかどうかくらいは分かるが、どちらの足で踏み切ったかなどは跳んだ瞬間にも憶《おぼ》えていない。つまり、見えていないということだ。

小織がマスターしている三回転ジャンプは、トウループとサルコウである。その頭があるから、トウを突いて跳んだ三回転ジャンプはトウループ、突かずに跳んだ三回転ジャンプはサルコウだと勝手に思っていた。ループやフリップも成功しているとは知らなかった。

「でも無理よ」梨津子は笑って受け流した。「小織は欲がないって、寛子先生によく言われるもの。気質なのよねえ。大学受験が見えてきたあたりで、たぶんスケートはやめるんじゃないかな」

それくらいまで続けてくれれば、晴美が言うように変な遊びに手を染めることもないだろう。そうなら、特別高いレベルを目指さなくても構わないと梨津子は思っている。

「小織ちゃんはおっとりしてるものねえ。もうちょっと、お母さんの勝気なところを受け継いだらよかったのに」

「やだわ」

晴美が冗談めかして言ったのに対し、みんなで声を立てて笑った。

自分が勝気であるのは、梨津子も自覚していることである。スケートママ同士の付き合いであからさまにそれを覗かせたつもりはなく、むしろ品よく控えめに振舞うように心がけているのだが、どこかしらそういうものがにじみ出てしまっているのだろう。

昔はもう少し、勝気な部分を剝《む》き出しにしていた。夫の康男とは、梨津子が彼の会社に入り、彼の秘書に就《つ》いたことで知り合ったのだが、当時、康男には長く付き合っていた恋人がおり、梨津子はそれを承知で彼を奪い取った。目の前で相手の女性に別れの電話をかけさせたときは、女の勝負に勝ったという喜びに浸《ひた》ったものだった。

姑《しゅうとめ》からねちねちと攻撃を加えられたときも、梨津子は負けなかった。おかげで今では、近くに住んでいるのに寄りつきもしないし、電話もかかってこない。

その代わり、家のことは完璧《かんぺき》にこなしているつもりだ。小織の中学受験は、スケートの練習の合間に勉強を見てやって乗り切ったし、毎日、小織の送り迎えに時間を削られても、康男の食事は出来合いで済ませるようなことはしない。家に帰って康男が晩酌《ばんしゃく》をしていれば、つまみの一つも作るし、スラックスは毎日プレスの利《き》いたものを穿かせている。

康男は二十代のうちからインテリア雑貨販売の会社を興《おこ》して軌道に乗せているが、実業家にありがちな押し出しの強さは持ち合わせておらず、よくも悪くも育ちのいいお坊ちゃん的なところがある。事業資金ももともとは親から出してもらったらしい。そんな康男の尻《しり》をたたくように、梨津子は結婚前から会社の経営にも口を出して、ずいぶん業績も伸ばしてやったものだが、小織が生まれたあとは子育てに集中したいこともあって、そちらからは手を引いた。

昔を考えると自分がずいぶん丸くなったのは、それなりに年齢を重ねたこともあるだろうが、今の生活がまずまず満たされていることも大きいのだろうと梨津子は思う。欲を言ってはきりがないし、これだけの生活ができているのだから、そこは満足しておかないといけないと思っている。

スケートセンターに戻ると、リンクでの練習が終わった小織は、客席上方の通路を利用してランニングをしていた。コーチの寛子先生から「スタミナがない」と言われる彼女は、練習のあと、よくこうして走らされている。

それが終わるのを客席で待っていた梨津子は、ヴィトンのバッグの中で携帯電話が鳴っているのに気づいた。表示を見ると、名古屋の実家に住む、二歳離れた兄の孝輔《こうすけ》だった。めったに電話などしてこない珍しい相手だ。

「もしもし」

〈もしもし、梨津子か？〉

兄のまったく明るさがない声を聞いた瞬間、梨津子は自然と警戒するような気持ちになっていた。実家で何か用事があるとき、梨津子に電話をかけてくるのは、いつも母なのだ。

「どうかした？」梨津子は訊《き》いた。

〈うん……ちょっとよくない〉孝輔は前置きするように言って続けた。〈母さんが倒れた〉

「え？」梨津子は嫌な予感が的中してしまったことに困惑しながら、携帯電話を耳にぎゅっと押し当てた。「どういうこと？」

〈脳梗塞《のうこうそく》らしい。かなり重いって話だわ。夕方、家で倒れとるのを聡子《さとこ》が発見してな、病院に運んだけど意識不明だ。俺も仕事が終わって、今さっき病院に来たばっかだ。医者の話だと、今日明日にもどうなるか分からんていうことだ〉

聞きながら、梨津子は血の気《け》が引いていくのを感じた。もはやある程度の覚悟をしなければいけない状態らしい。

母の登久子《とくこ》は四年前に梨津子の父である民輔《たみすけ》を亡くしてからしばらく元気がなかったが、正月に会ったときは血色のいい、元気そうな顔をしていた。白髪《しらが》を染めているので、今年で七十三という年齢もそれほど感じさせない。まさか倒れるようなことになるとは思っていなかった。

電話を切って、しばらく梨津子は呆然《ぼうぜん》とした。現実を受け入れる分だけ気持ちを張ろうとするものの、心はかき乱され、身体に力が入らない。いつも以上にスケートリンクの冷気が身体に染み、自分の歯が鳴っていることに気づいた。

こうしてはいられない……梨津子は客席を立って、ひとまずスケートセンターの外に出ることにした。休憩室で京香の勉強に付き合っている史子が何か声をかけてきたが、返事をしないまま、前を通り抜けた。

スケートセンターの外で生暖かい外気に触れながら、梨津子は康男の携帯電話をコールした。しかし、得意先との食事中なのか、夫が電話に出る気配はなかった。電話を切り、「急用につき、至急電話ください」とメールを送信した。

三分ほどすると、康男から〈どうした？〉という電話がかかってきた。

「名古屋のお母さんが倒れたの。脳梗塞で意識不明だって」

梨津子が兄から聞いたままを説明すると、康男もその深刻さにうなるばかりだった。

〈それでどうするんだ？〉

「今日にでも名古屋に行こうと思って。まだ時間的には大丈夫だから」

梨津子は八時前を示す腕時計を見ながら言った。

〈そうか、分かった。とりあえず俺も家に帰る〉

「そっちの用事は大丈夫？」

〈ああ、何とかする〉

電話が済むと、梨津子はまたスケートセンターに入り、ランニングを続けている小織を呼び止めた。事情を話し、すぐに帰るから練習は終わらせなさいと言って、更衣室《こういしつ》に走らせた。

小織の支度をロビーで待っている間に、再び康男から電話がかかってきた。

〈よく考えたら、俺は明日の午前中の会議にどうしても出なきゃいけないんだ。一緒に行くのはちょっと難しい〉

突然の連絡から少し落ち着きを取り戻したのか、康男の声は先ほどより冷静になっていた。

「そう……分かったわ」梨津子は仕方なくそう応《こた》えた。

〈小織はどうするんだ？〉

「連れていくつもりよ」

孝輔の子どもは息子二人で、母は唯一の孫娘である小織の成長を楽しみにしていた。競技会の演技を映したビデオには目を細めて見入っていたし、可愛《かわい》いコスチュームを買ってくれたこともあった。

その小織の手を母に握らせてあげたいと梨津子は思った。明日は金曜日だ。学校を一日休ませれば連休に入る。テスト期間でもないし、それくらいは家庭の事情として許される範囲だろう。

〈だったら、もう、その足で行ったらどうだ？　新横にいるんだろ？〉

新幹線が通っている新横浜駅はすぐそばだ。

「そうねえ。でも、何も持ってきてないし」

〈俺も明日の会議を済ませたら、追って行くよ。そのときに身の回りのものは持ってってやるから〉

　そう言われて、梨津子は考え直した。どちらにしても、今日のうちに名古屋に行けば、小織はともかく自分は寝ている時間などないに違いない。多少のものはどこかで買えば事足りるし、服や化粧に構っている場合ではない。

「分かったわ。じゃあ、向こうに着いたらまた連絡するわ」

〈そうしてくれ〉

　電話を切ってすぐ、小織がバッグを抱えてやってきた。

「今から名古屋に行くわよ。スケートの荷物は車のトランクに入れておきなさい」

「明日の学校は？」

「お母さんが連絡するわ。おばあちゃんはね、あなたのことを可愛がってたんだから、そばに行って手を握ってあげて……ね？」

　梨津子がそう言うと、小織は神妙な顔をしてうなずいた。

　いらない荷物を車に仕舞《しま》って駅に行こうと考えていた梨津子は、しかし、駐車場に向かいながら腕時計の時間を確認して、大事な忘れ物に気がついた。

数年前に実家に帰ったとき、その頃パワーストーンに凝《こ》っていた母が、梨津子に黒水晶《くろすいしょう》のブレスレットをくれたのだ。当時、梨津子はちょっとしためまいに悩まされていて、耳鼻科に行ってもちゃんとした処方がなく、気味が悪い思いをしていた。結局それは一過性に終わったのだが、それを案じた母が魔よけになるからと、そのブレスレットをプレゼントしてくれたのだった。

もちろん梨津子はそれをありがたく頂戴して身に付けていた。しかし、夏場になると何となく手首周りが暑苦しい気がして、外すことが多かった。そのまま秋口になった今でも、付けることを忘れていたのだ。

ほかの人間からのもらい物なら、魔よけとはいえそれほど気にする必要はないかもしれないが、生死をさまよっている母本人からもらったのだ。それを付けずに病床へと駆けつけるのは気持ちが悪い。奇跡を願う上で、最善ではない。

梨津子は携帯電話で新幹線のダイヤを確認した。名古屋行きは十時台に最終がある。たまプラーザに一度戻っても、十分間に合う。

「やっぱり、一回戻ろ」

梨津子は言って、小織をＢＭＷに乗せた。

県道をひた走り、途中小さな渋滞にも巻きこまれたが、九時に十五分ほど余裕がある時間にマンションまでたどり着いた。車を降りると小走りでエレベーターに乗りこみ、六階の自宅へと急いだ。

エレベーターを降り、バッグから鍵《かぎ》を取り出して、玄関のドアを解錠した。

そしてドアを開けた瞬間、梨津子は中の様子の違和感に、思わず動きを止めてしまった。

最初、フロアを間違えて、違う部屋のドアを開けたのではと思った。しかし、そんなことはありえない。よくよく見れば、置いてあるスリッパも傘立《かさた》ても、シューズケースの上のフランス土産《みやげ》の人形も、見慣れた自分の家のものである。

違和感はまず、奥のリビングから洩《も》れてくる明かりだった。誰もいないとばかり思っていたから、暗闇《くらやみ》を想像していた。

康男が帰ってきているらしい……梨津子はようやくそのことに気がついた。

しかし、彼の革靴《かわぐつ》の横に並んだ薄ピンクのハイヒールは何だろうか……梨津子の靴ではなかった。

こんなときに客？　梨津子は訝《いぶか》しみながらも、靴を脱いでスリッパを履《は》いた。

廊下を歩いていくと、物音に気づいたらしい康男がリビングの戸を開けて、顔を覗かせた。

「何だ、どうした？」

そう問いかけてくる表情が強張《こわば》っている。

「お客さん？」

訊きながら、梨津子は、彼の着崩れたTシャツ姿にまた違和感を持った。

「おい、ちょっと、あのな……」

立ちはだかるようにして話しかけてくる康男を押しやるようにして、梨津子はリビングに足を踏み入れた。

その目の前を、寝室のほうに向かって、白い人影が逃げるように横切っていった。

2

「何それ⁉　もろ浮気現場ってこと？　どんな状態だったの？」

小織《さおり》が、自分の家庭が崩壊した日の話を訊《き》かれるまま話すと、千央美《ちおみ》は好奇心をあらわにして身を乗り出してきた。

「分かんない。私は見てないから。お母さんの悲鳴を聞いただけで足がすくんじゃったもん」

「悲鳴を上げるってことは、悲鳴を上げるような光景だったってことだよね？」千央美は口もとに不真面目《ふまじめ》な笑《え》みを覗《のぞ》かせて言う。

「とにかく、うちのお母さんの悲鳴なんて聞いたことなかったから、私はびっくりしたの。悲鳴っていったら、普通、『きゃあああ！』って感じでしょ。うちのお母さんのはね、『うやあぁ』みたいな声で、すごい耳に残ってるんだよねえ。本当にびっくりしたときに出す悲鳴って、ああいうのなのかも」

「小織ちゃんのお母さん、悲鳴を上げ慣れてなかったんだろうね」千央美は同情するように言った。「それで、その浮気相手の顔は見ずじまい？」

「見なかった。玄関にいなさいってお母さんに言われたし、お母さんもすぐに出てきたから」

「そっか……でも、それは最悪のタイミングだよね。完全にお父さんが悪いわ。で、おばあちゃんのほうはどうなったの？」

千央美の問いかけに、小織はゆっくり首を振った。

日曜日に母・登久子《とくこ》の葬儀を終えた梨津子《りつこ》は、月曜日にレンタルした喪服を業者に返し終えると、その足で小織と一緒に横浜へ戻った。

すぐにはマンションに戻らず、いったん新横浜駅前のホテルにツインベッドの宿を取り、日中、康男《やすお》が出ている間にと、マンションに戻って洋服や身の回りのものをかき集め、小織にも学校やスケートのものをすべて持たせて、それらをＢＭＷのトランクに詰めこんでホテルに舞い戻ってきた。

夕方になると、所在なげな小織をスケートの練習に送り出した。歩いていける距離なので、梨津子は付いていかなかった。

木曜日から満足に睡眠が取れていないこともあって、梨津子は疲れ切っていた。精神的にもいろんなことがありすぎて、気持ちの整理がまったくつかなかった。

今日ようやく手首に取り戻した黒水晶《くろすいしょう》のブレスレットを眺《なが》めていると、複雑な感情が渦《うず》を巻き、涙がこぼれて仕方がなかった。

名古屋に滞在している間、梨津子は康男からの電話には出ず、メールも返さなかった。当然、母の葬儀にも呼んでいない。

金曜の夜に母が旅立ち、土曜日、通夜《つや》の支度で慌《あわただ》しく動いているところに、義母の正江《まさえ》が電話を寄越《よこ》してきた。康男の電話に出ず意地悪してるらしいわねと、責めるような口ぶりだった。夫婦の問題はお互いさま、家の外に安らぎを求めたくなるような家庭を作ってるあなたにも問題があるのよと、彼女は息子の正義を疑わないような口調で言った。

どれだけ息子が可愛《かわい》いか知らないが、四十も半ばをすぎた男の低劣な行動を、無分別にかばおうとする神経が理解できなかった。こっちは母の通夜の準備で取りこんでるんですと梨津子が憤《いきどお》りに任せて言い返すと、向こうはしばらく沈黙したあと、何も言わないまま電話を切ってしまった。嫁の実母の死を聞きながら、何も言わずに電話を切るなどということがよくできるものだ……梨津子は親子そろっての不実なやり口に、心底呆《あき》れ果てた。

もう、やり直せない……。

通夜の席、康男が駆けつけないことを訝《いぶか》った兄嫁の聡子《さとこ》が、何度も梨津子に問いかけてくるので、梨津子は横浜を発《た》つ前に目《ま》の当《あ》たりにしたことを全部ぶちまけてやった。感情がひどく不安定になっていて、話しながら怒り、そして泣いた。そんな経験は初めてだった。聡子は自分で訊いておきながら、梨津子の爆発ぶりを持て余すように困惑していた。

そうは言っても、小織ちゃんのこともあるんだから、何とか夫婦で話し合わないと。

十七年も連れ添ってたら、そりゃ、いいことと悪いこといろいろあるわよ……。

聡子はそんな言葉で梨津子の悲憤《ひふん》をなだめようとした。しかし、梨津子の心にはまったく響かなかった。いろいろあると言われても、小織のことを考えろと言われても、それには程度というものがある。こんな裏切りをされて、それを無理に丸く収めようとするなら、それこそ小織への教育に悪いというものだ。

下着姿のまま梨津子の視界から逃げようとした女の容姿が、今もまぶたに焼きついている。まだ三十前だろう……若い身体だった。康男から見せてもらった社員旅行のアルバムで顔を見たことがあった。おとなしそうな顔だった。それが、よくもまあ、人の家に上がりこんで、あんな格好になれるものだ。恐ろしい。

そう……普通に考えたらできることではない。予想もできない。だからこそ、それを目の当たりにして怖《こわ》かったのだ。思わず悲鳴を上げてしまうほどに。

どう考えても、あの日の前のようにやり直すことはできない……。

ベッドに突っ伏したまま、枕を涙で濡《ぬ》らしていると、やがて小織が練習から戻ってきた。

梨津子は涙を拭《ぬぐ》って、彼女を出迎えた。

「早かったのね」

練習後のランニングはやらずに帰ってきたらしい。

「ご飯、食べに行こうか？」

梨津子が言うと、小織は小さくうなずいた。

母を亡くし、夫に裏切られ、自分はもうこの子だけなんだな……梨津子はそんな思いを噛《か》み締めて、小織の細い肩に手を回した。

外に出て、近くの小ぎれいな中華料理屋に入り、中華麺《めん》や点心《てんしん》セットを頼んだ。

「ねえ……」

食べながら、梨津子は小織に話しかけた。

「お母さん、もう、お父さんとは一緒に暮らせない」

小織は箸《はし》を止め、梨津子をじっと見たかと思うと、どんな言葉を返していいか分からないというように、かすかにうつむいた。

あなたはお母さんとお父さん、どっちと一緒に暮らしたい？

そう訊こうとして、しかし、口に出た言葉は違っていた。

「小織はお母さんと一緒に来なさい」

訊くまでもなく、こっちに来たほうがいいに決まっている。

小織は梨津子が見つめる中、小さくこくりとうなずいて、また箸を動かし始めた。

何とかやれる……梨津子はそう思った。夫と別れるからといって、惨《みじ》めな生活が始まると決まったわけではない。二人でもっと充実した生活を送ればいいのだ。

「名古屋に行こうか？」梨津子は少し柔らかい口調になって言った。

え？　というふうに、小織が顔を上げる。

「名古屋で暮らすの。いいとこよ。けっこう便利だし、おいしい食べ物もあるし。小織も何回か行ってるから、雰囲気《ふんいき》は分かるでしょ？」

「学校はどうするの？」小織が訊いた。

「高校受験したらいいじゃない。探せば私立の女子校で受かりそうなとこ、いくつかあるわよ」

昔よりはレベルが上がっていると聞くが、名古屋はもともと公立王国だから、名門とされる私立でも、難易度が高いところはそれほど多くはない。小織の学力なら、例えば御三家と言われる女子校の一角あたりは十分受かるだろう。

「スケートは？」

「向こうで続ければいいじゃない。名古屋っていったら有名な選手がいっぱい出てるし、スケートは盛んでしょ」

「平松希和《ひらまつきわ》ちゃんがいるよ」

「友達？」

　小織は首をかしげてみせた。「ちゃんと話したことはないけど、前に野辺山《のべやま》の合宿で一緒になった。めちゃめちゃうまかった」

「同い年の子？」

　梨津子の問いに、小織はうなずいた。

「いいじゃない。その子と一緒に滑れるかもしれないわよ」

　梨津子が適当に言うと、小織は微苦笑《びくしょう》してみせた。「レベルが違うよ。あのとき、トリプルートリプル練習してたし……今はもう跳べるかも」

「いい刺激になるじゃない。あっちにも優秀な先生はいるだろうし」

　小織はうなずく。「今、平松希和ちゃんが習ってるのは、上村美濤《うえむらみなみ》先生っていう人。ちょっと怖いらしいけど有名だよ。岩中諒子《いわなかりょうこ》先生も育てるのがうまいって超有名。でもレッスン料とか高いかも」

「そうなの……?」

お金の心配をする小織の様子がおかしく、梨津子はくすりと笑った。

「リンクも大須《おおす》とかモリコロとか邦和《ほうわ》とかあって、クラブもいくつかあるんだよ。希和ちゃんのクラブが〔名桜《めいおう》クラブ〕で、諒子先生のクラブが〔尾張《おわり》サンライズ〕だったかな」

「そう……よく知ってるのね」

「有名だもん。地方から名古屋に移ってくる人もいるみたいだし」

「小織も行ってみる?」

梨津子がそんなふうに問いかけると、小織は思い悩むように口ごもった。梨津子が「行くわよ」と言えば素直に従うのだろうが、自分の意思を問われると、そこまではすぐに決断できないようだった。

梨津子としても、名古屋に戻りたい気持ちがすべてではない。横浜近辺で生活を続けても構わない気もする。ただ、葬儀を済ませたあとの、母の魂が眠る名古屋からの去りがたかった気持ち、そして、横浜に戻ってきてホテルで一人になったときの何とも言えない空《むな》しさを考えると、新しい生活は名古屋で送るべきなのではないかという思いがあったのだった。

　中華麵が腹の中に収まり、二人ともにスープをれんげでゆっくりすくっているとき、小織がぽつりと言った。

「いいよ……名古屋に行っても」

　梨津子は娘の顔を見た。思い切ったことを言ってしまったというような戸惑《とまど》いの表情が浮かんでいたが、それを自分でかき消すように小織は続けた。

「お母さんが行くなら、私も行く」

　梨津子は環境が激変してしまったこの数日の中で、初めて心がすくわれるような気持ちになれた。

「じゃあ、行こうか」

　梨津子は自分の気持ちも確かめるように言った。

3

「そんな数日で生活ががらっと変わっちゃうんだぁ」千央美《ちおみ》がしみじみとした口調で言う。「それまでは名古屋に行くなんて考えてもいなかったんでしょ?」

「全然。お母さんも考えてなかったと思う」小織《さおり》は答える。

「でも、よく行くって言ったよね。高校受験はしなきゃいけないし、友達とは別れなきゃいけないし、何より知らない土地に行くのって不安じゃない?」

「うん、そうなんだけど、私がお母さんを支えなきゃって、そのときは思ったんだよねえ。見るからに憔悴《しょうすい》してたし……落ちこむ気持ちは分かったから」

「お父さんとは何か話したの?」

「ううん」小織は手にした缶チューハイに目を落としたまま首を振った。「もう会わなかった。何回か私に会いたいって話がきたけど、断っちゃった。もしかしたら、お母さん以上に私のほうが拒否反応強かったかもしれない」

「中三って多感な年頃だもんねえ」

「謝りもしないんだもん。四、五日したら、弁護士立ててきて」

「素早いねえ」千央美は呆《あき》れるように笑った。「向こうももう、別れる気満々だったんだ」

「開き直ったみたい。前からお母さんの尻《しり》に敷かれてて、家にいると息が詰まるなんてことも言ったらしいし」

「そりゃ、修復不可能だね。もともとお母さんのほうが強い家庭だったんだ？」

「うん……お母さんのほうが強いし、私の学校のこととかもお母さんの意見で決まってた。普段しっかりしてるから、弱ってるとこ見ると、余計に痛々しく感じちゃうんだよね」

「なるほどねえ」千央美はうなずき、「それで？」と話の先を促《うなが》した。「次の年の高校受験で名古屋に行ったの？」

「そう。中学が終わるまでは横浜のマンスリーマンションで暮らして、名古屋の高校も何とか受かった。その頃にはお母さんたちの離婚も決まって、苗字《みようじ》も森内《もりうち》から藤里《ふじさと》に変わったの」

小織は不安を覚えながら始まった新生活を懐《なつ》かしく思い出していた。

小織の高校進学を機に、梨津子《りつこ》たち親子は一時的に居《きょ》を構えていた横浜のマンスリーマンションを引き払って、名古屋に引っ越した。

半年の間に梨津子と康男《やすお》は双方弁護士を立て、離婚が正式に決まっていた。梨津子が手にしたのは、慰謝料《いしゃりょう》と財産分与を合わせて二千万円ほどだった。預貯金はもっとあったはずだが、新築で買ったマンションのローンも残っていて、弁護士からは「まあ、いいとこでしょう」と言われる額だった。

それもすんなり決着したわけでなく、幾度ものせめぎ合いがあった。彼の母の正《まさ》江《え》がしっかり口を挿《はさ》んでいたようだった。もともと康男の会社は創業時、正江の支援が大きかったらしく、彼女は康男の会社で生まれた利益など、もとを正せば自分のお金だと考えている節《ふし》がある。だから、森内家の嫁でもなくなった女のところに一円でも多く渡るのは許せないという論理らしかった。

その代わり、小織の学費と月々の養育費五十万円の支払いを康男側に認めさせた。これも、正江から、どうして娘一人の養育費に五十万もかかるのだ、出ていった女の食い扶持《ぶち》に消えるだけだという横槍《よこやり》が入り、小織がスケートをやめた場合は十五万円に減額するという条件が付いた。康男に多少なりとも親心があるなら、小織がスケートの大会に出場したときなど、こっそり成長した姿を見に行けるくらいには思っても不思議はない。スケートをやめさせろという話はさすがに出なかった。

ＢＭＷは梨津子が乗り続けていたが、特に何も言われず、そのまま名古屋まで乗ってきた。康男にもベンツが一台あるので、向こうも支障はないはずだ。

一方、母・登久子《とくこ》の遺産として、二千五百万円ほどが梨津子の口座に振りこまれた。母の遺産は預貯金よりも名古屋の東区にある家や土地のほうが大きいのだが、長く兄の孝輔《こうすけ》一家が同居していたので、孝輔がそのまま相続することに梨津子も異論はなかった。母からは兄嫁に対する愚痴《ぐち》も聞こえてこず、それなりに仲よく暮らしていたようだったので、梨津子としては感謝していた。

それらまとまって入ったお金から三千五百万円ほどを出し、梨津子は名古屋の千《ち》種《くさ》区に築浅の中古マンションを買った。たまプラーザのマンションほどは広くないが、それでも八十五平米《へいべい》はあり、２ＬＤＫでリビングも広く、水周りにも高級感があった。少しずつ調度品をそろえていけば、横浜時代と比べて生活が落ちたとは誰にも言わせない環境が整いそうだった。小織も新しい住まいには満足したらしく、表情は明るかった。

小織の進学先は、同じ千種区にある本山女学院《もとやまじょがくいん》に難なく決まった。梨津子が通っていた学校も本山女学院と並ぶ名門女子校だったが、今では高校からの募集を行っておらず、転入という形では小織が学校に馴染《なじ》めるかどうか分からなかった。本山女学院にはフィギュアスケーターのOBもいるため、そちらの活動への理解もありそうだった。

高校の受験勉強でスケートのほうはシーズン中もほとんどおざなりにしてしまった小織は、名古屋に移ると〔名桜《めいおう》クラブ〕に加入して、再び活動を始めた。

新しいコーチは木下千草《きのしたちぐさ》先生という、まだ三十歳そこそこの若い女性だった。新横浜で寛子《ひろこ》先生に、名古屋に引っ越す旨《むね》の挨拶《あいさつ》をしたとき、名古屋でスケートを続けるなら、〔名桜クラブ〕の千草先生が小織の気質に合うのではと勧めてくれた。明るくさっぱりとしていて、選手をやる気にさせるような指導がうまいらしい。

その通り、梨津子たちが名古屋・大須《おおす》のスケートリンクに千草先生を訪ねていくと、彼女は「お任せください！」と元気な声で小織を預かり、すぐにリンクに入れて現在の実力を確かめてくれた。しばらく本格的な練習から遠ざかっていたこともあって、小織は以前なら楽に跳べていたトリプルトウループやサルコウもなかなか勘を取り戻せないでいるようだった。しかし、千草先生はあくまで笑顔で、「どうしても小織ちゃんの年代は短期間に体型が変わったりして、ジャンプの感覚も狂いがちになるんですよ。まあ、焦《あせ》らずにいきましょう。じゃあ、小織ちゃん、また明日ね！」と朗《ほが》らかな声をかけてくれた。

半年前、新横浜の中華料理屋で中華麵《めん》をすすりながら名古屋行きを決意したときの小織は、まだまだそばに付いていてやらないとどこに飛んでいってしまうか分からないような、見るからに子どもの身体つきをしていた。それが名古屋に移って高校に上がる頃になると、身体全体が少しずつふっくらし、背丈《せたけ》も小柄とはいえ百五十五、六センチくらいには伸びていた。そういう成長期には、これまでこなしていた技の感覚も違ってきてしまうものらしい。

しかし、何日か通ううち、千草先生にも手応《てごた》えが出てきたらしく、「大丈夫です。もう少し身体のキレが出てきたら、いいジャンプが跳べるようになりますよ」と笑顔で太鼓判《たいこばん》を押してくれた。

そして実際、一カ月経《た》つか経たないかという頃になると、小織は新横浜時代のようなトリプルトウループやサルコウを決められるようになった。心なしか以前よりジャンプの見映《みば》えも増した気がした。

名古屋のフィギュアスケートの練習環境は、新横浜とはだいぶ違っていた。新横浜ではリンクとクラブがほとんど同一化していて、練習場所が変わることはない。選手のレベルに合わせて、練習できる貸し切り時間があり、その時間に練習する受け持ちの選手がいれば、担当コーチがリンクサイドに出てくる。

一方、名古屋は複数のクラブが、クラブ単位で動いているので、練習の場はいつも同じとは限らない。基本的に〔名桜クラブ〕は大須のスケートリンクを拠点にしているのだが、同じようなクラブはほかにもあり、また〔名桜クラブ〕内でも上村《うえむら》美濤《みなみ》先生率いるトップチームは単独で貸し切り練習することが多いため、千草先生のグループは練習場所を求めて、県内のほかのリンクを渡り歩くこともあった。

その際、車で子どもを練習場まで送り届けるのは親の仕事だ。子どもたちに付き添う親は概《がい》して新横浜より熱心で、練習中もリンクサイドから我が子の滑りをビデオカメラに収めている母親の姿が目につく。梨津子は、競技会などではビデオカメラを回していたものの、日頃の練習などはそれほど熱心に見たことは今までなかった。知り合いのスケートママ仲間と談笑したり、外に出てお茶などを楽しむのが当たり前になっていたから、この新しい環境はなかなか馴染みづらく、少々疲れるものだった。

　四月の半ば頃に梨津子は一度風邪《かぜ》をこじらせ、それは二、三日で快復したのだが、今度はめまいに襲われるようになった。頭をぐるりと動かしたり、寝返りを打ったりすると、視界がゆらゆらと揺れる。同じような症状は何年か前にもあり、そのときは肌が汗ばむ季節になってきたら自然に治ったので、今回も夏になるまで様子を見るしかないと思ったが、毎日当たり前のように繰り返すめまいをやりすごすのは、決して気分のいいものではなかった。

　ほかにも身体のだるさや食欲不振が続き、五月に入る頃には、何かおかしいなと気づき始めた。当初、大須のスケートリンクは新横浜ほど冷気はきつくないと感じていたものが、だんだんと肌に染みる寒さを覚えるようになっていて、スケート場の中にいる時間がつらくなってきた。

　五月も半ばをすぎると、梨津子はスケート場に入るのを控えるようになった。小織も梨津子を気遣ってか、送迎もしなくていいと言ってくれた。一度、梨津子が風邪で寝込んだときには、千草先生の車に乗せてもらって長久手《ながくて》のリンクまで移動したらしい。

高いレッスン代を払っているのだから、それくらいは甘えてもいいかなという気に梨津子はなっていた。無理してリンクに顔を出しても、面白いことは何もない。千草先生のグループは小中学生が中心で、高校生は小織一人ということもあり、話が合うママさん仲間も見当たらない。

梨津子は次第に、小織の練習に付き添わなくなった。

しかし、かといって、ほかに何かしたいことがあるわけでもない。名古屋に移ってきた当初は、小織が学校に行っている間にできる仕事を探そうかと考えていたこともあったが、いつの間にか気が乗らなくなっている。名古屋に帰ったら、中高生時代の友達と旧交を温めようとも思っていたが、それぞれの家庭に収まってしまっている人間にわざわざ十年ぶり二十年ぶりの連絡をつけて会うというのも、いざとなれば億劫《おっくう》な話だった。第一、夫と離縁して名古屋に戻ってきたという自分の身の上が、それほど格好いいものではない。

小織の弁当を作ったり、掃除・洗濯などの家事をこなしたりする程度のことはさぼらずにやっていたとしても、大してそれに熱中するようなこともなく、一日の大半が無為《むい》にすぎていった。梅雨《つゆ》を抜け、夜でも汗ばむ季節になる頃には、めまいなどの体調不良もいつの間にか消えてしまっていたが、気持ちは浮いてこないままだった。

名古屋での新しい生活に、自分はいったい何を期待していたのだろうか……梨津子は一人ですごす日中、リビングのソファでコーヒーカップから立ち上る湯気をぼんやり眺《なが》めながら考えた。

横浜時代はよかった。生活に張りがあった。自分の手で良質な家庭を築いているという実感があった。似たような生活をしているスケートママたちがいて、嫌味《いやみ》ではない程度に豊かさを競い合えたし、疲れない程度に刺激的な毎日があった。

そんな幸せはまやかしで、裏向けてしまえば嘘《うそ》だらけの何の価値もない生活だったじゃないか……当の自分がそう断じて、名古屋に新しい生活を求めたというのに、今はあの砂の城のような生活が懐かしくてならないのだ。あんな砂の城でさえ、作っているときは夢中になれた。今はそれに代わるものもない。

康男や正江がこんな自分の姿を見たら、さぞかしいい気味だと笑うだろうな……そう思うと、梨津子は悔《くや》しい気持ちが募《つの》ってくる。しかし、何をどうすれば、この新しい生活の中で横浜時代のような充実感を取り戻せるのか、まったく分からなかった。

4

「それで、名古屋の生活にはすぐに馴染《なじ》めたの？」

千央美《ちおみ》の実家から送られてきたというかまぼこを小織《さおり》がキッチンで切って戻ってくると、千央美が早速その一つを口に放りこみながら訊《き》いてきた。

「うん、割と」小織は答える。「もともとそんなに友達がたくさんできるほうじゃないし、ほかのクラスメートみたいに楽しくやってたかっていうと分かんないけど、でも、特に環境が変わって戸惑ったってことはなかったかな」

「マイペースな子だからよかったんじゃない？」千央美は新しい缶チューハイを小織に寄越《よこ》して言う。「私も中学生のとき、引っ越したことあったけど、同じ県内でも全然雰囲気が違って、なかなか慣れなかったもんなぁ」

「最初の頃は、私よりお母さんのほうが慣れなかったみたい」

「何で？　名古屋はお母さんの地元だったんでしょ？」

「うん……でも、離れてから長かったし、おばあちゃんも死んじゃってたし……何か元気がなかったもん」

「まあ、名古屋に帰りたくて仕方がなかったってことでもないんだろうね」千央美は思いを馳《は》せるように言う。「人生狂っちゃったたっていうか……」

「そうかも……」小織は新しい缶チューハイに口をつけ、呟《つぶや》くように言った。

「それで、スケートのほうはどうなったの？」

「何かいろいろ新鮮だった。横浜の寛子《ひろこ》先生もいい先生だったけど、小さい頃から見てくれてる先生だったから、お互いに分かりすぎてるとこがあったと思うんだよね。小織はこれを言ってもやりたがらないだろうとか、まあ小織のペースなら、今日はここまでで十分かなとか……私も寛子先生の顔色とか口調とかで、私には難しいって思ってるかな、できなくても許されるかなっていうような空気を読んじゃうみたいなとこがあって。

　でも、千草《ちぐさ》先生はそういうのがないから、どんどんやらせようとするの。それも、人を乗せるのがうまくてさぁ、跳べてなくても、もう少しで跳べるんじゃないかって思わせられるのよ。それで、ジャンプばっかり練習してて、厳密に言うと回転不足だったりエッジの使い方が悪かったりするんだけど、千草先生に『十分、十分』って合格点もらって、あの頃に初めて跳べたジャンプやコンビネーションも多かったなぁ」

「名古屋に移ったのが、いい方向へいったんだね。その千草先生も、横浜からすごい子が来たみたいに思ったんじゃない?」

小織は笑って首を振る。「そんなふうには絶対思ってなかったと思うけど……でも、私のほうが、あれって思ったかも」

「あれ?」

「うん……私って、案外やるかもって」

「そう思ったんだぁ」千央美はおかしそうに笑った。

「名古屋は何よりジャンプを熱心に教えて、東京や横浜は滑《なめ》らかなスケーティングをとことん身に付けさせるっていうような傾向は伝統的にあるみたいなんだよね。私はそれまで、ジャンプが得意だなんて思ったことなかったんだけど、千草先生は、あなたはジャンパーだからどんどん跳びなさいって言うのよ。『要は左に三回回ればOKなんだから、小織ちゃんならできるよ』って。そう言われると、その気になってくるっていうか……」

「実際、跳べるようにもなってくるんだ?」

「うん」小織はかまぼこをくわえ、小さくうなずいた。「もちろん、一気に上達したわけじゃなくて、跳べたり跳べなかったり試行錯誤《しこうさくご》するんだけど、そのときは、いけるとは思ってなかった一段上のレベルに手がかかったような感触はあったかな」

「へえ、コーチが替わるだけで、そんな変化があるんだね」

「でも、千草先生に教えてもらったのは夏休みに入るまでだったから、実質四カ月もなかったんだよね」

「え、そんなすぐに替わったの？」

「うん」小織は答えて、小さな笑《え》みを作った。「その次の先生はね、千草先生とはまた全然違う人だった……」


「お母さん……」

七月も半ばをすぎ、高校の夏休みもすぐそこまで来たある日、練習から帰ってきた小織が、冷蔵庫の牛乳をグラスに注《つ》ぎながら話しかけてきた。

「千草先生がね、一度お母さんの都合のいいときに、ちょっと話がしたいって言ってた」

梨津子《りつこ》は顔のパックを剝《は》がした手を止め、「何の話？」とだけ訊いた。

「何かねえ、良香《よしか》ちゃんたちが話してたの聞いたんだけど、千草先生、赤ちゃんができて、コーチのお仕事を休むかもしれないって」

良香ちゃんという子が、同じクラブのどんな子だったか梨津子は憶《おぼ》えていなかったし、そもそも、千草先生が結婚していたことすら知らなかった。横浜の頃なら、それこそどの先生がどんな性格でどんな家庭を持っているのか、スケートママたちの格好の話題として取り沙汰《ざた》されていたのに……。

「そう……まだ教えてもらって間がないのに残念ね」

「うん……」

小織の横顔は本当に残念がっているように見えた。

誰か人に会う予定があってということではなく、単にやることがないからパックをしていただけだが、ちょうどよかったなと思った。

翌日の夜、梨津子はダウンコートを手にして、大須《おおす》のスケートリンクを訪ねた。

昼は三十五度に達した猛暑日だっただけに、久しぶりのスケートリンクの冷気は意外なほど気持ちがいいものだった。

　リンクの中では、小中学生を中心とした子どもたちが、相変わらず熱心に練習している姿があった。その熱気もあってか、リンクの氷がところどころ溶けて光っている。

　小織もロングTシャツに手袋とレギンス姿でスピンの練習をしていた。背中を反《そ》り天井を仰《あお》いで回るレイバックスピンから、片足を後ろに反り上げ、後ろ手に摑《つか》んで頭の上に持っていくビールマンスピンに移る。

　脚、腰、背中、肩……すなわち全身の柔軟性が必要で、誰もができるという技ではない。梨津子は、小織が身に付けた技の中では、このビールマンスピンが一番好きだった。

　千草先生はリンクの外、フェンスの上に置かれたラジカセのそばに立っていた。梨津子が見学していた最初の頃は、リンクの中に入って子どもたちを指導するのがいつもの姿だったが、今はこうしてスケート靴も履《は》かずにいるということは、おめでたという噂《うわさ》も本当のことらしいと梨津子は思った。

「先生、ご無沙汰《ぶさた》してます」

千草先生のそばまで行って挨拶《あいさつ》すると、彼女は明るい笑顔を浮かべて挨拶を返してきた。

「すいません、お呼び立てして」

「いいえ、すっかり先生にお任せしたままになってしまいまして……」

「ちょっと体調のほうが優《すぐ》れないっておっしゃってましたけど、今はどうなんですか?」

「ええ、おかげ様で、今はずいぶんよくなりました」

「そうですか、それはよかったです」千草先生はそう言って微笑《ほほえ》み、氷上の小織に目を向けた。「小織ちゃん、かなり成長しましたよ。跳べるジャンプも増えましたしね。今年の冬は楽しみです」

「そうですか、ありがとうございます」梨津子は頭を下げた。

「新横でこつこつやってただけあって、スケーティングの基礎はできてますしね。今までジャンプは得意に思ってなかったみたいですけど、バネもあるし、これから一皮二皮剝《む》ければ、本当に楽しみなスケーターになると思いますよ」

「その一皮二皮が大変なんでしょうねえ」梨津子は笑った。「新横の寛子先生もある程度褒《ほ》めてはくださるんですけど、小織はもうちょっと欲が出るといいんだけどなんておっしゃるくらいで」

「そうですねえ」千草先生も笑う。「確かに小織ちゃんは、人を押しのけてでもガシガシ滑るようなタイプではないですからねえ。でも、彼女みたいな子が大成するケースだって十分あるんですよ。普段おっとりしてる子ほど、大一番には肝《きも》が据《す》わってたりしますからね」

「そんなふうだったらいいですけど、昔から競技会の日になると、お腹《なか》が痛いとか、足が震《ふる》えるとか散々《さんざん》ぐずる子で、練習だと跳べてたジャンプもからっきしみたいなことばかりですから」

　梨津子が笑い話のように言うと、千草先生も苦笑していた。

「そうなんですか。じゃあ、そのへんも成長してくれないと駄目《だめ》ですねえ」

　彼女はそう言ってから笑いを収めると、梨津子のほうを向いた。

「実はですね、ちょっとお話ししたいことがあって、今日は来ていただいたんですけど……というのは、私、しばらくクラブの指導のほうをお休みしなければならなくなったものですから……」

　やはり、小織が噂で耳にしたように、千草先生は妊娠《にんしん》していることが分かったために、これから産休・育休に入ることになったという話だった。

「もう何カ月かできないこともないんですけど、何かあると困るんでリンクには入れませんし、大会シーズンに入ったらいよいよ本当に休まなきゃいけなくなるんで、今のうちに何とかしといたほうがいいと思いまして」

「そうですか……せっかく熱心に教えていただいて、小織も調子が出てきた頃だと思うと残念ですけど、おめでたい話ですし、そういうことなら、あきらめなくてはいけませんわね」

「本当に私事でご迷惑をおかけして申し訳ありません」千草先生は丁寧《ていねい》に頭を下げた。「指導の場から離れても、小織ちゃんのことは陰で見守って、応援しておりますので」

「ありがとうございます」梨津子はそう応じてから、リンクで指導しているほかの先生たちに視線を移して続けた。「それで、あとはどの先生が？」

「それも、ちょっとご相談したいことでして……」

千草先生はそう言い、後ろのベンチに梨津子を促《うなが》した。二人で腰かけたところで、彼女は続けた。

「もちろん、今ここで指導されてる先生方もいい先生ばかりなんですが、ちょっと説明させていただくと、〔名桜《めいおう》クラブ〕のインストラクターというのは、普及担当、育成担当、強化担当というように分かれてまして、今ここにいるのは、私も含めて育成担当の人ばかりなんですね。普及担当というのは、初心者向けのスケート教室なんかで教える人ですが、私たち育成担当は選手を育てる土台の部分を担《にな》ってまして、主にノービス世代、そしてジュニアの一部を見る感じです。だから、小織ちゃんは私たちが見ている中では一番上になってます。クラブごとにいろいろ体制は違ってきますけど、〔名桜クラブ〕ではそんなふうになってるんですよ。小織ちゃんの場合は、新横の坂本先生からの紹介だったので、その通り私が担当させていただいたということです」

ノービスというのは、シーズン前の六月末時点での年齢で九歳から十二歳までが当たり、十三歳から十八歳までがジュニア世代となる。十五歳からは、能力や大会の成績によってシニアに上がる選手も出てくる。千草先生の言い方からすると、〔名桜クラブ〕で育成担当のコーチが見ているのは、せいぜい中学生までということなのだろう。

「そういうことなんですか。そうとは知らずに無理なお願いをして、すみませんでした」

梨津子がそう言うと、千草先生は手を振った。

「いえいえ、私も小織ちゃんの指導はいい経験になりましたし、お母さんにも感謝してます」彼女はにこやかに言って続けた。「それで、私が申し上げたいのはですね、今度、新しい先生を選ぶなら、小織ちゃんのこれからのことも考えて、より上のレベルで育てられる先生にお願いすることを、ぜひ検討していただきたいということなんです」

「といいますと……強化担当の先生ということですか？」

「はい」千草先生はうなずいた。「〔名桜クラブ〕の強化担当は、上村美濤《うえむらみなみ》先生です。美濤先生は過去に世界女王や全日本女王を育てた実績もありますし、日本中のどのコーチと比べても引けを取らない指導力を持ってると思います」

「いや、もちろん、美濤先生の名は存じ上げてますけど……」

先シーズン、小織とテレビで観た全日本選手権で、小織と同い年の平松希和《きわ》が六位に入る好成績を収めた。そのとき、「あの子が希和ちゃん」「あの人が上村美濤先生」と小織は指差して梨津子に説明してくれた。名古屋に移り、小織が〔名桜クラブ〕に入ったことで、梨津子は生の平松希和や美濤先生を目にするようになったのだが、美濤先生のグループは貸し切り時間も違い、クラブの中でもどこか別世界な存在感を出していて、近寄りがたい雰囲気があった。小織にしてもそれは同様だろうし、平松希和と友達になったという話も聞いていない。

「ああいう高名な先生だと、教えてほしいからといって、簡単に教えてもらえるものでもないですよねえ」梨津子は軽く冗談にでも応じるような口調で言った。

「もちろん、美濤先生の都合もありますし、あまり多くの選手は取られない先生ですから、教えてもらえる保証はありません。けど、お願いしてみる価値はあると思います」

「でも、そうするとやっぱり、美濤先生のような人にお願いするのは、オリンピックとかそういうレベルを目標にするような子じゃないんですかね」梨津子は若干《じゃっかん》尻込《しりご》みするような気持ちで言った。

「まあ、そうとも限らないですけど」千草先生はそう言ったあと、冗談とも思えない口調で続けた。「けど、小織ちゃんも、それくらいを目標にするのもいいんじゃないですか」

「あ、ははは」

梨津子としては、とても本気には取れず、口を押さえて笑うしかなかった。

「もし美濤先生に抵抗があるなら、ほかのクラブの先生でも構いませんよ。うちのクラブじゃなきゃということは言いません。私も小織ちゃんのためにはどうしたらいいかを考えて言わせてもらってます。ほかのクラブなら、〔尾張《おわり》サンライズ〕の岩中諒子《りょうこ》先生がいいと思います。諒子先生は選手を小さい頃から育てるのが好きなんですけど、小織ちゃんの年代ならまだ伸びしろがありますから、余裕があれば受けてもらえると思います。過去にはオリンピック選手を何人も育ててますし、美濤先生も昔は諒子先生のアシスタントとしてコーチ勉強してました。私がお母さんの立場でしたら、美濤先生か諒子先生、どちらかに小織ちゃんを預けます」

「あの……どうなんでしょうか」梨津子は困惑気分が抜けないまま、作り笑いを浮かべた。「何ていうか……本格的すぎませんか？　日本有数の実績を持った先生方ですよね。新横で言えば山下先生のような」

「そうですね。だからこそ、私も自信を持ってお勧めできるんです。かといって、遠慮することは何もありませんよ。一度、小織ちゃんの滑りを見てもらったらいかがでしょうか。もちろん、私のほうから話を持っていきますので」

「いえ、ちょっと待ってください」

ぐいぐい進んでいく話に、梨津子は付いていけていなかった。

「何が気になりますか？」千草先生は愛想笑《あいそわら》いをやめ、真面目な表情で梨津子に目を向けた。「何でも言ってください。小織ちゃんのこれからのことなので。例えば、費用のこととかですか?」

「はあ、まあ、それもそうですけど……」

「具体的な金額は分かりませんけど、美濤先生にお願いした場合、私たちよりはレッスン料がかかるのは事実です。教えるのも高校生、大学生という年代の子たちですし、少人数制ですからね。でも、国内のほかの先生方と比べて特別に高いということはないと思いますよ。海外の有名なコーチはもっと高額です。諒子先生もおそらく美濤先生と似たようなものでしょう。もし気になるようでしたら、目安としてコーチ料を尋《たず》ねてみてもいいと思います」

「はあ……」そう言われても、梨津子は生返事しかできなかった。

「試合のときにコーチの遠征費を負担するのはこれまでもそうだったと思います。国際試合に出るときは、連盟がコーチの遠征費を出してくれます。もちろん、指導料は別ですけど」

「国際試合ですか……」

大きすぎる話に、梨津子は苦笑したくなるような思いを抱《いだ》いた。小織はノービス時代でも、せいぜい関東ブロック大会の表彰台に上がれれば上出来で、東日本大会ともなると、表彰台にはまったく手がかからなかった。日本女子フィギュアスケートの層の厚さがどれくらいのものかは、それほどスケートに詳しくないまま我が子を習わせている梨津子も分かっているつもりだ。

「あの、小織は何ていうか、人と競うのが小さなときから苦手な子で、スケートを習わせるにしても、優しく見守ってくれるような先生にあえてお願いしてたんですよね。とりあえず、本人が楽しく滑ってくれればいいっていう気持ちで」

「お母さんのそのお考えは正しかったと思いますよ」千草先生はうなずいて言った。「小中学生時分から追いこんでいたら、小織ちゃんはスケートを嫌いになってたかもしれませんしね。

でも、これからはその方針を変えてもいいんじゃないでしょうか。何でも楽しければいいでは限界があります。それ一辺倒《いっぺんとう》では、この大事な年代にもったいないと思います。確かに美濤先生は厳しい人ですよ。諒子先生もニコニコしてますけど、がんばらない子は冷たく突き放します。けれど、その厳しさこそが、小織ちゃんのよりいっそうの成長のために必要なんじゃないかと私は思ったんです。

それに、先生方の指導力だけじゃなくて、美濤先生のところには小織ちゃんと同い年の平松希和ちゃん、諒子先生のところには小織ちゃんの二つ下ですけど早くから大器と言われてる大塚聖奈《せいな》ちゃんがいます。彼女らと競って練習するメリットはすごく大きいと思います」

どうやら千草先生は本気で言っているらしい……梨津子はそう結論づけざるをえなかった。

おそらく小織は高校生活いっぱいで選手を引退し、大学では普通の同級生と同じようなキャンパスライフを送るだろう……梨津子はそう思っている。勉強が嫌いな子ではないし、梨津子自身、キャンパスライフを謳歌《おうか》した楽しい思い出があり、娘にもそんな楽しさのどれだけかは味わわせてやりたいという気持ちもある。大学生になってまで競技生活に身を捧《ささ》げるのは一部の才能のある子に限られる話だろう。

しかし、ここまで期待をこめられた話を持ちかけられると、それに応《こた》えないのも申し訳ないような気がしてくる。とりあえずは小織の気持ちを確かめ、その返事いかんによっては思い切って名前の出た先生の門をたたき、いつやめるにしろ、それまでは厳しい環境に彼女を置いてやるのも一つの道としてありかなとも思う。

梨津子の気持ちの変化を読み取ったように、千草先生は立ち上がって小織を呼んだ。

「ちょっとお母さんに、こっちに来てから身に付けた技を見せてあげて。トウートウ、今日いい感じだったでしょ」

「三−三ですか？」小織はちらりと梨津子を見てから、少し自信なげな顔をして千草先生に訊き返した。

「うん、不完全でもいいから思い切ってやってみて」

千草先生の言葉を受けた小織は、小さくうなずいてリンクを滑り始めた。

梨津子は聞き間違ったかなと思った。三−三というのはトリプルートリプル、三回転の連続ジャンプだ。それがいかに難易度の高いものかくらいは知っている。

小織はほかの選手の間を縫《ぬ》いながら、リンクをぐるりと滑ってきて、タイミングを計《はか》るようなターンを入れつつ梨津子たちのほうに向かってきた。

小織のスケートがスピードに乗り、左足を後ろに引くと、ジャンプに入る体勢が出来上がった。

力を充塡《じゆうてん》するような一瞬の間のあと、小織は左足を突いて宙《ちゆう》に舞った。腕を胸の前で畳《たた》んで軸を作った彼女は、高速で独楽《こま》のように回転し、見事に着氷《ちやくひよう》した。スケートが氷をしっかりと捉《とら》え、がしっという硬質な音が上がった。

そしてもう一回、立て続けに跳ぶ。

形は崩れたが、それも転倒することなく降りた。

「惜《お》しいね、でもいいよ！」千草先生が手をたたいた。

いつの間にこんな技を覚えたのか……梨津子は呆気《あっけ》に取られて見ていた。

新横浜でも連続ジャンプの練習はしていたが、今のジャンプはそれとはまったく違うものを見たような衝撃があった。スピードがあり、迫力があった。近くで見たという違いだけではない。これが成長というものだろうか。毎日少しずつ目にしていた新横浜時代には分からなかったものが、今の一瞬、梨津子の目に確かに飛びこんできた。

「トウループの連続三回転です」千草先生が梨津子に言う。「今のは回転不足の両足着氷ですし、演技の一連の動きの中でやろうとすると、まだまだ決まりませんけど、ポテンシャルとしてはいいものを秘めてると思います」

「今のは、かなり難しい技なんですよね？」

「そうですね。三─三はトップ選手でも身に付けるのに苦労する技ですよ。トウループ─トウループは比較的基礎点の低いコンビネーションですけど、完成度が高ければ立派な武器になります。ただ、小織ちゃんの場合、まだまだ練習して自分のものにする時間が必要です。今のレベルだと、試合で使ってもまず減点されるでしょうから、トリプルーダブルを確実に跳ぶっていう選択になると思います」

至極《しごく》客観的で冷静な説明だと思った。そんな冷静な目を持っている千草先生が、もっと上のレベルで練習しろと言っているのだ。小織が見せつけた技の迫力と相まって、強い説得力のようなものがにわかに感じられるようになった。

その夜、梨津子はマンションに帰ってから、小織の気持ちを訊いてみた。小織がその気なら美濤先生か諒子先生に頼んでみてもいいと思えるようになっていたし、少しばかり躊躇《ちゅうちょ》しても、千草先生の話を聞かせてやって、背中を押してみてもいいと思っていた。

しかし、小織は梨津子があれこれ考えるまでもなく、前向きな反応を示してみせた。

「美濤先生に教えてもらいたいかも」

小織は梨津子の顔色を気にするように、そんな言い方をした。

「美濤先生は怖そうよ。大丈夫？」梨津子は少し冗談混じりに、気持ちを確かめるようなことを言ってみた。

「うん……でも、平松希和ちゃんもいるし。一緒に滑ってみたいから」

「一緒に滑っても、仲よくなれるかは分からないわよ。ミーハーな気持ちじゃ駄目よ。これからはライバルよ」

梨津子が煽《あお》るように言ってみると、小織は笑った。

「ライバルになんてならないよ。実力が違いすぎるもん」

「でも、千草先生はけっこう期待してるようなこと言ってたわよ。美濤先生に教わるってことは、もう趣味とか習い事の感覚じゃいけないってことよ。真剣に取り組む覚悟がないと」

「うん、分かってる」小織は言った。

「結果も求められるわよ」

「うん」

「全日本くらい狙《ねら》えそう？」梨津子は少々吹っかけるように言ってみた。

「すぐには無理だけど……」小織はためらいがちながらも、はっきりした口調で答えた。「とりあえずジュニアの全日本をがんばって、そのうちシニアにも出られれば……」

　小織の静かな闘志に、梨津子は思わず微笑んでいた。全日本選手権に出られるくらいになれば、それはもう、がんばった甲斐《かい》があったと言えるだろう。国内では一番華やかで伝統もある大会だ。新横浜のスケートママたちの多くも、ゆくゆくは全日本選手権に出られるようなスケーターに育たないものかと思いながら、小さな我が子をスケートリンクに連れていっていたものだ。そしてほとんどは、現実の我が子の能力を目にして、それが夢でしかなかったことを知っていく。

そんな中で、今の小織にとってのその目標は、がんばれば手が届くところにあるもののように思えた。全日本選手権の出場枠は確か三十人程度。日本代表レベルも交え、全国からの選《え》りすぐりに割って入るのはもちろん簡単ではないだろうが、本人がその気になっているのなら応援してみたいと思った。

「よし、じゃあ千草先生に頼んでみようか」

梨津子がそう言うと、小織は嬉《うれ》しさの中にもかすかな緊張をにじませたような表情でこくりとうなずいた。

千草先生に美濤先生への紹介を頼んでから二日後、千草先生から連絡があり、梨津子は夜になって、大須のスケートリンクに向かった。

千草先生から美濤先生に話を持っていったところ、とりあえず本人と母親を連れてきてほしいという話だったらしい。昨年、全日本選手権で好成績を挙げた平松希和が今年からシニアとして活動することが決まっていて、美濤先生も海外遠征などで忙しくなるようだが、昨シーズンいっぱいで美濤先生のもとを離れた選手もいたため、まだ一人くらいなら受け入れる余地がありそうだということだった。千草先生が教えていた中学生に一人、やはり美濤先生の指導を希望する子がいるらしいが、ひとまず小織を優先的に紹介してくれるとのことだった。

しかし、優先的に紹介してもらっても、教える教えないは美濤先生の胸三寸《むねさんずん》だ。

〈美濤先生は、選手はもちろん、親御さんの姿勢も見ますから、お母さんのほうからも『ぜひお願いします』と言っていただく必要があるかもしれません〉

千草先生にそう言われ、梨津子も頭を下げに行くことになったのだった。

大須のスケートリンクでは、グループ練習が終わった千草先生が小織と一緒にロッカールームで待っていた。初めて目にするような緊張した顔つきをしていたので、梨津子も自然と身構えるような気持ちになった。

小織にスケート靴を履かせると、三人はリンクに入っていった。リンクでは、美濤先生の教え子たち五人ほどが貸し切り練習を行っているところだった。

リンクサイドの一角に美濤先生は立っていた。年齢は五十代半ばほどだろう。肉づきがよく見えるのは、厚手のダウンコートを着ているせいばかりではあるまい。顔も丸みを帯び、パーマのかかった黒髪や厚みのある唇《くちびる》と相まって、色気とはまったく違う意味での派手やかさを見せている。薄いグラデーションの色が入った眼鏡《めがね》をかけながらも、眼光の鋭さは隠していない。

彼女の左右には、選手たちの母親がビデオカメラを持って並んでいた。これまで漠然《ばくぜん》と目にしていたときには気づかなかったが、五人の選手に対してお母さんたちもちゃんと五人いる。なかなか熱心なものだ。小織が美濤先生の指導を受けることになれば、自分もこの一団に加わることになるのだろうか……梨津子は一瞬そう考えたものの、まだ現実味は持てなかった。

「先生、よろしいですか？」

千草先生が美濤先生のそばまで進み出て声をかけた。梨津子と小織はそれに続いた。

「小織ちゃん、挨拶して」

千草先生に促され、小織はリンクからこちらに目を移した美濤先生に向かって、緊張気味にぺこりと頭を下げた。

「藤里小織です。よろしくお願いします」

「ん……」

美濤先生は喉《のど》の奥でくぐもらせるような声を発して厚い唇を結ぶと、小織の顔から足もとまで、ゆっくりと見定めるように視線を動かした。

千草先生の目配せを受け、梨津子も丁寧に頭を下げた。

「小織の母です。特別優秀な子でもなく恥ずかしいのですが、本人がぜひとも先生のご指導を受けたいと申しておりまして、練習も今まで以上にがんばる気持ちでいるようですから、私からも何とぞよろしくお願い申し上げます」

持ってきた菓子折りを控えめに差し出すと、美濤先生はそれを手でさえぎった。

「焦らないで。まずは一回、滑りを見せてもらいます」彼女は低い声でそう言った。「私の指導に合う子かどうかは、見てみないと分かりませんから」

「小織ちゃん、ウォームアップで滑ってて。あとでフリーの曲かけるから」

千草先生の指示に小織は「はい」と返事をして、スケート靴のエッジケースを外すと、リンクの中に入っていった。

「竹山《たけやま》さん、やりましょう」

美濤先生の一声に、お母さんの一人が「はい」と背筋を伸ばした。「お願いします」

お母さんが「麻美《あさみ》!」とリンクに声をかけ、練習していた竹山麻美がリンクサイドに寄ってきた。

麻美のお母さんがCDをラジカセにセットする。ピリピリした空気を受けて、梨津子はそっと後ろに退《さ》がった。

「最初のフリップに神経を集中させること。セカンドが付けられなかったら、次のサルコウにくっつけなさい。いい？」

美濤先生の指示に麻美は「はい」とうなずき、リンクの中央に戻っていった。

曲が流れ、麻美が演技の練習を始める。ほかの選手たちは、曲がかかっている選手の邪魔をしないように各々《おのおの》の練習をする。それはどこの練習場でも共通のルールだ。

選手の一人がまたリンクサイドに近づいてきた。平松希和だ。全日本選手権での活躍をテレビで観ていた上、小織の送り迎えをしていた春の頃には何度か姿を目にしたこともある。試合で化粧をすればきついシャドーできりりとして見えるが、もともとの顔立ちは丸顔で、目つきもおとなしめである。背丈は小織より少し高く、百六十二センチの梨津子とそれほど変わらない。変に大人びたタイプではないものの、子どものようにはしゃいでいる姿は梨津子も見たことがない。

「こんにちは」

希和は千草先生に小さな笑みを向けて挨拶し、お母さんが持っているティッシュに手を伸ばした。希和のお母さんは、ふくよかという形容が似合いそうな、ほどよい肉づきをしていて、上品な雰囲気を持った美人だった。もう少し中に持ってこないと、身体の右側が下がって軸が曲がっちゃうから」

「フリップのトウがちょっと外側に離れすぎよ。もう少し中に持ってこないと、身体の右側が下がって軸が曲がっちゃうから」

希和のお母さんがそんなアドバイスを送り、希和は洟《はな》をかみながら黙って聞いている。いくら美濤先生が竹山麻美を見ている時間だとはいえ、そのすぐ横で堂々と母親が指導している様子を見て、梨津子はびっくりした。

美濤先生は何も気にならないように、竹山麻美の練習を目で追っている。

次期オリンピックの代表候補としても期待が高まる平松希和のお母さんだけに、彼女も昔はスケートをやっていたのだろうか……そんなふうにも思ったが、どうやらそうでもなさそうだった。その後もほかの選手たちが思い思いにリンクサイドに立ち寄り、母親たちからアドバイスや叱咤激励《しったげきれい》を受けているのだ。

少なくとも新横浜では見たことがない光景だった。我が子にアドバイスを送るにしても、コーチの前では遠慮した。基本的にコーチは親の口出しを嫌がるというのが当たり前の認識だったからだ。コーチの教えに文句をつける親がいたとしても、それは我が子に結果が出ないことへの不満であって、良識ある親は、自分たちは素人《しろうと》なのだから黙って見守るのが当然だというスマートな空気があった。

確かに名古屋に来て、普段の練習にもビデオカメラを回しているような熱心なお母さんが多いなとは思っていた。しかし、美濤先生のすぐ横で、こんな出しゃばりとも思える光景が見られるとは思わなかった。

竹山麻美の曲が終わり、麻美は美濤先生のアドバイスをもとに、何回かジャンプやスピンのやり直しをした。それから美濤先生は千草先生に目を向けた。

「じゃあ、新しい子を見ましょう」

「はい」

千草先生が小織に合図し、ラジカセにCDをセットした。彼女は梨津子にも、前で見るよう声をかけてきた。

「風と共に去りぬ」のテーマ曲が流れ、リンクの中央でポーズを取っていた小織が演技を始めた。緩《ゆる》やかな手の振りつけからバックスケーティングでリンクをぐるりと回る。ターンを繰り返しながら、梨津子たちのほうに向かってきた。

最初のジャンプ。コンビネーション。

種類は分からなかったが、技の派手さ加減から、トリプルーダブルを跳んだのは分かった。着氷も決まった。

「この子……前に三ー三を跳んでなかった？」

練習しているところを目にした記憶があるのか、美濤先生が千草先生に訊いた。

「トウートウを練習してます。調子がいいときは跳べますけど……」千草先生が答える。

その後も小織はジャンプを続けた。決まるものもあれば抜けるものもあった。

「ルッツはやっと跳べるようになったレベルで、まだ確率悪いですね。エッジもちょっとあれで。フリップはよく決まります」

千草先生の話を聞きながら、美濤先生は鋭い目をじっと小織の滑りに注いでいる。

ダブルアクセルに二回転ジャンプを二つ付けたコンビネーションが決まった。

「アクセルはダブルだけ？」美濤先生が訊く。「トリプルをやらせてみたことは？」

「トリプルはちょっとまだ……」千草先生が苦笑気味に答える。「アクセル自体、そんなに好きではないみたいで」

小織がトリプルアクセルだなんて怖いことを言う……梨津子も心の中で苦笑した。先月か先々月頃、練習から帰ってきた小織が、平松希和の話をしていた。

「希和ちゃんがトリプルアクセルの練習してたよ。降りたのも見た」

まるでアイドルの最新情報を話題にするような口調だった。トリプルアクセルのような高難度の技が小織の手の届くところにあるわけがないことくらいは、素人の自分でも分かる。美濤先生がどういうつもりで言っているかは、まったく分からなかった。

「身体は柔らかいですね。ビールマンもこなせます」

小織のドーナツスピンを見ながら千草先生が話していると、美濤先生が低い声を発した。

「一回、曲止めて」

千草先生がCDを止める。美濤先生は小織を手招きした。

「最初のコンビネーションジャンプをもう一回やってごらんなさい。トウ-トウの三-三で」

小織は硬い表情で「はい」と返事した。

「思い切ってやりなさい」

「はい」

もう一度返事をして、リンクの中央に戻っていく。

曲が流れ、小織がリンクを大きく使ってスケーティングしていく。

そして連続ジャンプ。最初は飛距離のあるジャンプが決まり、続いて回転の速い巧《たく》みなジャンプがくっついてきた。梨津子が先日見たときよりもうまく決まったように思えた。

　美濤先生がまた小織を手招きする。

「今度はフリップ－トウでやってみなさい」

「三－二でしかやったことありませんけど」小織が戸惑いがちに言った。

「いいからやってみなさい」

　小織は不安そうな目を千草先生に向けたが、千草先生もうなずいているだけなので、覚悟したように「はい」と言って戻っていった。

　フリップはトウループと同じ、トウを突いて跳ぶジャンプだが、踏み切る足が右と左で違う。回転に対して外の足で跳ぶから、それだけ難しいということだったか……梨津子の生半可《なまはんか》の知識ではそれくらいしか分からないが、どちらにしろ、フリップはトウループより難しく、技の基礎点も高いジャンプだ。

　曲が再び始まり、小織が動き出す。リンクの奥を滑っていく。その動きを目で追っていると、小織とすれ違った平松希和が練習の足を緩めて小織をじっと見ていることに気づいた。

　気になるのだろうか……梨津子は妙に自分の神経までかき立てられるような気分

になった。左右のお母さんたちも、我が子を見るふりをして、小織の滑りに注目しているようにも感じる。

小織がジャンプを跳ぶ。

フリップ。

トウループ。

先ほどのジャンプより小ぶりな気はしたが、回転が速く、くるくると鋭く回って着氷した。

希和が向こうで、まだ小織のことを見ている。梨津子は知らず高揚感を覚えていた。

千草先生が拍手する。反対に美濤先生はあくまで無表情だった。多少回転が足りていなかったりしたのかもしれない。しかし、あそこまで跳べれば十分だろうと思った。

美濤先生が小織を手招きする。

「今度はトウだけ一本跳んでみなさい。演技はいらないから、十分な助走をつけて」

「はい」

「クワドは試してみたことある？」

美濤先生の問いかけに、小織は驚いたような目を見せた。「いえ」

クワドって何だ？

まさか……。

スキーの四人乗りリフトをクワッドリフトというが……。

美濤先生は何でもないことのような顔をしている。

「あなたは助走が遅いから、もっとスピードを上げて、思い切ってやりなさい。多少トウアクセル気味に粘《ねば》ってもいいから、跳んだら、ぎゅっと締めて回ること。分かりましたか？」

「……はい」

小織は気圧《けお》されたように返事をし、ふわふわとした足取りでゆっくり滑り始めた。

何かとんでもないことが行われようとしている気がし、梨津子は緊張感に身動きを封じられていた。今度は曲もかからない。

小織がリンクをゆっくりと滑る。奥からこちらへと向かってくる途中で、決心がつかないのか折り返してしまい、梨津子はふうと息を吐いた。

しかし、やがて、スイッチが入ったように、小織の背筋が伸びた。スケートを滑らせる足の伸びも増し、助走が見る見る加速していくのが分かった。バックスケーティングに切り替わり、こちらに向かってくる。

鋭くトウを突いて、小織は跳んだ。

バネの利《き》いた、大きなジャンプだった。

空中でふっと動きが緩んだような瞬間があった気がしたが、小織は回転をこなすと、バランスを崩しながらも何とか着氷していた。

梨津子は再び大きく息を吐いた。思わず隣の千草先生を見た。

「今のは……？」

梨津子が訊くと、千草先生は弱い笑みを浮かべ、首を振ってみせた。

「トリプルです。いいジャンプでしたけど、跳べないって思ったのか、途中で自分から身体を開いちゃいましたね」

そうか……心のどこかで身構えていた梨津子は、脱力感のようなものを覚えた。もちろん、これが当然の結果なのだ。

「はい、けっこうです」

美濤先生が無感情に言い、小織がリンクから上がってきた。エッジケースを付けた小織が梨津子の横に立つと、あとは美濤先生の答えを待つだけとなった。

「それで」美濤先生が口を開いた。「私の指導を受けて、あなたは具体的にどうなりたいと思ってるんですか？」

「はい……」小織は口ごもりながらも答えた。「トリプルジャンプがうまくなりたいです」

「うん」美濤先生は軽く相槌《あいづち》を打って続けた。「それはいいけど、そのジャンプだって、試合で跳んで、初めて成功したと言えるってことは分かってるわね？」

「はい」

「跳べばそれでいいってことでもない。フィギュアスケートは勝ち負けです。競技ですからね。少なくとも私はそう思ってます。勝とうと一生懸命になっている子に付くのが私のコーチとしての信条です。何に勝とうとしているかは、もちろん人それぞれですよ。あそこで滑っている希和なんかは、四年後のオリンピックでメダルを取りたいって、はっきり言います。そしたらもっとがんばりなさいと私も言えるんです。

　こうして見てると、あなたはちょっとおとなしそうで、人がよさそうで、それが私には少し気がかりです。希和も同じように物静かですが、喋《しゃべ》らせれば芯《しん》のあることを言いますよ。だからあなたも、その胸にちゃんと野心があることを見せてください。これから二年、三年で何を目標としてがんばるか、私に約束できることを言ってみて」

女帝のような威厳をまとった美濤先生を前にして、小織は射《い》すくめられた小動物のように立っていた。しかし、緊張を呑《の》みこむようにして一つうなずくと、小織は彼女らしからぬしっかりした声で答えを返した。

「はい……あの、全日本ジュニアで上位の成績を取って、シニアの全日本に出たいです」

小織の言葉を聞いた美濤先生はすっと目を細め、次に梨津子を見た。

「それじゃあ、お母さんにも訊きましょう。お母さんはどう考えてますか？」

急に振られて戸惑ったが、梨津子は笑顔を作った。

「そうですね。やっぱり、この子が全日本で滑る姿を一度見てみたいので、私としても、それに向かって応援していきたいと思います」

「やめなさい」

梨津子が言い終えたそばから、そっぽを向いた美濤先生から冷たい一言が返ってきた。

「え……？」

「そんな気持ちでやるなら、スケートなんてさっさとやめたほうがいいでしょう。そんな子のコーチをしても、私は時間の無駄、お母さんはお金の無駄、この子は努力の無駄です。中途半端な努力には何の価値もありません。やらないほうがましです」

梨津子は呆然《ぼうぜん》と立ち尽くした。自分たちの言葉が彼女の意にそぐわなかったらしいことだけは分かった。しかし、代わりの言葉は何も見つからなかった。

冷ややかで侵《おか》しがたい壁のようなものがある。千草先生に背中を押され、小織のような子でも一流コーチに見てもらえるのだという希望にごまかされてしまい、その壁が見えていなかった。やはり、彼女のようなコーチに頼むのは無理があるのだ。断られれば、嫌でもそのことに気づく。

いったい、どんな答えならお気に召したというのか。まさか、平松希和のように、オリンピックでメダルを取るなどと言わせたかったわけでもあるまい。小織は、中二のときはジュニアの世界でもジュニア初参戦、中三は受験勉強真っ最中だったということもあるが、ジュニアの世界でも東日本大会止まりで、まだ全日本に進んだこともないのだ。そのジュニアの全日本で上位に入り、シニアの全日本に出たいという目標は、決して過小でも何でもない。よく言ったとさえ梨津子は思っていた。

「じゃあ、平松さん、やりましょう」

「はい!」

美濤先生は梨津子たちのことなど忘れたかのように、教え子の指導に戻った。平松希和のお母さんがきびきびと動き、ラジカセから曲が流される。

平松希和が滑り始める。すらりとした手足を生かした優雅なスケーティングで、素人目でもほかの子どもたちとは素質が違うと分かる。

希和は伸びのある足運びでスケートを加速させると、こちらに向かってきてアクセルジャンプを跳んだ。

息を呑むほど華やかなジャンプで、梨津子にもそれがトリプルアクセルであることが分かった。小織に見せつけたジャンプのようにも見えた。現に小織は、希和の滑りに見とれるようにして、その姿を目で追っている。

「小織、行きましょう」

梨津子は小織に声をかけた。失意は徐々に反感に変わりつつあった。敷居《しきい》の高さをことさら誇示《こじ》するような美濤先生の言動には、敬意を差し引いても好感は抱けなかった。「失礼しました」と一礼して、小織の手を引っ張った。

リンクサイドを歩く間、小織はどこか寂しげに希和の滑りを見ていた。

「大丈夫よ。いい先生はほかにもいるんだから。諒子先生に頼んでみましょ」

梨津子は小織の肩を抱きながらそう言って、リンクを出た。

「藤里さん」梨津子たちを、千草先生が追ってきた。「どうするんですか？　帰るんですか？」

「ええ。せっかく骨を折っていただいたのに、申し訳ありませんでした」梨津子はさばさばと言って、小さく頭を下げた。

「そんな、簡単にあきらめないでください」千草先生は言う。「美濤先生は厳しいことを言いますけど、すべて選手を大きく伸ばそうと考えてのことなんですから」

「それはご立派な先生でしょうから、おっしゃられることはごもっともなことでしょうけど、こちらだって、ちゃんとやる気は見せてるつもりです。それでも、あの先生のお眼鏡には適《かな》わないということなんですから、あきらめるも何もないじゃないですか」

梨津子は腹の中にくすぶらせていた憤《いきどお》りを吐き出すようにして言った。

「ですから、そこは言い直してもらえませんか。全日本の表彰台を狙《ねら》いたいって。私は小織ちゃんなら、それくらいは言っていいと思います」

全日本の表彰台……こういうものは多少大げさに言うべきだとしても、考えてもいないことを、さも自分の気持ちであるかのように口にしていいとは思えない。梨津子は嘆息《たんそく》しか出てこなかった。

「とにかく、今日は帰らせていただきます」

梨津子はそう言って、もう一度頭を下げ、千草先生に背を向けた。

千草先生には考え直すように求められたが、頭を冷やしてみても、美濤先生にもう一度頼み直すのが最善だとは、梨津子には思えなかった。

もちろん、一方的に反発するだけではなく、小織のためにはどうしたらいいかという気持ちも忘れてはいない。小織が連続三回転を披露《ひろう》しているとき、平松希和がじっとそれを見ている姿が脳裏から消えていなかった。小織は同年代のトップ選手から見ても、気になる何かを持っているのだ。努力を重ねれば、小織が口にした目標以上のものが手にできる可能性だってあるのかもしれない。千草先生が口にしたように……。

しかし、そうだとしても、期待に沿うことを言わなければ冷たくそっぽを向いてしまうような人間にすり寄ったところで、長くはもたないだろうと思った。たとえ教えを受けたとしても、小織はおそらく、あの先生の前では萎縮《いしゅく》するばかりでいい結果など出せるはずはない。

「小織、諒子先生でいいよね？」

本人の気持ちも大事ではあるので、梨津子は確かめるように訊いてみたが、小織はおとなしくうなずいてみせた。

「いいよ……でも、受けてくれるかなぁ？」

美濤先生の反応があいうものだったから、小織としても心配になっているようだった。

「大丈夫よ。諒子先生はもっと優しいんでしょ？」

「うん……そう見えるけど」

「大丈夫。お母さんに任せときなさい」

梨津子はそう請《う》け合い、次の日の日中、千草先生に電話をかけてみた。

〈美濤先生にお願いするという線は、もう消えてしまったのですか？〉千草先生は残念そうに訊いてきた。

「そう考えるしか仕方がないと思います」梨津子は言った。「美濤先生が受けられないとおっしゃるわけですから」

〈美濤先生は受けないとは言ってませんよ。あの場のやり取りを聞いてた限り、美濤先生は、小織ちゃんやお母さんの気持ち次第で引き受けるとおっしゃってて、お母さんがそれに対する返事を保留したというふうに私は受け止めてますけど〉

「うーん、もうちょっと複雑なものがあった気がしますけど……」簡単にまとめられてしまい、梨津子はうなり気味に首をひねった。「どちらにしても、これ以上は気が進まないものですから」

沈黙を挿《はさ》んでから、千草先生が口を開いた。

〈もちろん、諒子先生に話を持っていくのは構いません。知らない仲じゃありませんから、難しいことではないです。でも、正直申し上げると、今まで選手の橋渡しはしたことがないんで、受けてもらえるかどうかは美濤先生以上に何とも言えないんですよ。あの方も小さな子からジュニアまで、たくさん教え子を抱《かか》えてますからね。お願いするとなると、諒子先生にも一度小織ちゃんの演技を見てもらうことになりますし、遅かれ早かれ、美濤先生の周囲にも伝わってしまうと思います。その場合、もし諒子先生にも断られたとき、じゃあやっぱり美濤先生に頭を下げましょうってなっても、さすがに厳しくなっちゃうと思います〉

「それはそうでしょうけど……」

〈諒子先生が確実に百パーセント受けてくれるってことなら、私もこんなふうに躊躇はしません。でも、そうでない以上は、まず最初に話を持っていった美濤先生が何を言っても受けてくれないってことにならないと、次に移るべきじゃないと思います〉

「どちらの先生にも引き受けてもらえなかったときは、どうなるんですか？」

〈もちろん、ほかの先生を探します。小織ちゃんが困るようなことにはしません。でも私としては、どちらかの先生に付いてほしいと思ってるんです。今の時点では、美濤先生のほうが実際に小織ちゃんの滑りを見てもらってる分、受けてくれる可能性が高いと思ってます〉

　どうも千草先生が持っている感覚は、自分と差があるように思えた。それは結局、彼女も美濤先生と同じクラブの人間であるという理由からではないかと感じられた。

「私としては、無名の先生であっても、指導熱心な方ならそれでいいと思ってるんですよね。諒子先生に断られたら断られたで仕方がないんじゃないでしょうか。それでまた美濤先生にってことは考えてません」

〈そうですか……〉千草先生は苦渋《くじゅう》に満ちた口調で言った。〈分かりました。じゃ

あ、一度、諒子先生に話を持っていってみます〉

ようやく千草先生に聞き入れてもらうことができ、梨津子はやれやれという気分になった。

三日後の夜、梨津子は千草先生に呼ばれて、大須のリンクに行った。諒子先生に電話で連絡を取ってみたところ、とりあえず話は聞くので、本人とお母さんを連れてくるようにとのことらしかった。

リンクを覗《のぞ》いてみると、梨津子に気づいた千草先生が慌《あわただ》しそうに寄ってきた。

「もうすぐ終わりますから、長久手《ながくて》に行きましょう。貸し切り練習のあとになると思いますけど、先生に挨拶できると思います。ちょっと待っててもらえますか」

そう言って彼女は、また小織たちの指導に戻っていった。

手洗いを借りようとロッカールームを奥に進むと、平松希和がベンチに足を乗せてストレッチをしていた。どうやらこのあと、リンクは美濤先生のグループの貸し切りになるようだ。できれば美濤先生と鉢合《はちあ》わせしないうちにここを出たほうがいいなと思った。別にこそこそ隠れなければならないいわれはないが、顔を合わせなくて済むなら、それに越したことはない……。

リンクサイドに出て、休憩室の手前にある手洗いを借りた。そこを出て、またロッカールームに戻ろうとしたとき、リンクサイドの通路をこちらに向かって歩いてくる黒い人影が梨津子の目の前に現れた。幅のあるその人影が美濤先生のものだということはすぐに分かった。逃げる余裕もない。下手《へた》に動いても逆に目立つだけなので、梨津子は棒立ちになったまま、顔を伏せたのか頭を下げたのか分からない具合に下を向いて、美濤先生が前を横切っていくのを待った。

顔を上げると、美濤先生は立ち止まっていた。

「藤里さん、どうですか？」

「え……？」

笑顔を向けられたような気がして、梨津子ははっとした。しかし、美濤先生をよく見ると、特に笑みを浮かべているわけではなかった。この前と同じ、甘さを寄せつけない表情をしている。

「考え直しましたか？」

そうか、声かと気づいた。彼女の声音《こわね》はこの前より少しだけ穏やかに聞こえる。しかし、それだけでずいぶん柔らかく、そして懐《ふところ》の深い人間性が感じられるような気がした。

実際、梨津子は、こんなふうに彼女から話しかけられるとは思ってもいなかった。歯牙《しが》にもかけられていないだろうと決めこんでいた。

本当はそれだけ気にされていたということなのか。

心がぐらりと動いたのを感じた瞬間、梨津子は自分でも信じられないことに、「はい」と言ってしまっていた。

「聞かせてください」美濤先生は言った。

そう求められればもう、腹をくくって言うしかなかった。

「はい……小織は全日本の表彰台に上がれるくらいまでがんばってほしいと思っています。あの子なら、それくらいやる力はあると思います」

まったく真実味を感じていなかった話なのに、自分の口に出してしまうと、確かに自分の言葉となり、責任さえ生じた気持ちになるのが分かった。

「全日本の表彰台というのは、もしそれが三年後のシーズンなら、そのままオリンピックの代表候補にもなりうるということですよ。それは分かっていますね？」

言われて、梨津子ははっとした。やはり、とんでもないことを口走ってしまったという気になる。

その梨津子の表情を見て、美濤先生はかすかに頰《ほお》を緩めた。笑ったとまでは言えないが、厳しさは和《やわ》らいでいた。

彼女はすぐに口もとを引き締めて続けた。

「あの子が全日本出場を目標にするのは仕方がないです。彼女はまだ子どもです。身体の成長や技術の進歩に、なかなか心が付いていけない年頃です。自分のレベルが正しく把握《はあく》できないから、大きすぎることを言ったり、小さすぎることを言ったりする。それは仕方がないことです。

でもあなたまでが、あの子の認識に合わせていたら駄目。しっかり目標を示して引っ張ってやるのが、私であり あなたであり、大人の役目なんです。

もちろん普通の努力では叶《かな》う目標じゃありませんよ。でも、あの年代の子にはまだ伸びしろが残されてる。私は、藤里小織の最大の伸びしろは、あなたにあると思ってます」

「私……ですか？」

梨津子が戸惑ってみせても、美濤先生は表情を変えなかった。

「あの子が無理を承知で四回転に挑《いど》んで、転倒してもすぐに起き上がってきたなら、私は納得したでしょう。希和がそうでした。怖がらない、痛がらないというのは、うまくなるための大事な才能です。小織の場合は、いいものを持っているように見えても、伸びないかもしれないと思いました。

でも、私は一方で、あなたのことが気になりました。あなたは自分の娘が跳んだジャンプが、三回転か四回転かも見分けられなかった。これまでも、それほど熱心にはスケートに首を突っこんでこなかったことが分かります」

その通りであり、梨津子としては何も言えなかった。

「スケートは人に見られて成り立つスポーツです。それは練習でもそうです。子どもたちは苦手なジャンプに成功したとき、コーチがちゃんと見ていたかどうかを無意識に確かめる。見られていることが成長の糧《かて》になるんです。けれど、私は何人もの教え子がいる中で、じっと一人の子の滑りを見てるわけじゃない。そんなときに誰がちゃんと見てあげるのか……それはその子のお母さんしかいないんです。

コーチの中には親にあれこれ口出しされるのを嫌がる人もいますが、私はこの前の練習を見ても分かるように、お母さんたちにもどんどん自分の子に声をかけるように勧めています。その代わり、もし間違ったことを言っていたら、お母さんでも遠慮なくしかりつけますよ。私のところのお母さんたちは、みんな、練習中は私と一緒になってリンクサイドにへばりついてます。そうして、私が子どもたちに言っていることをそばで聞いて勉強しているから、自分たちでも声をかけられるんです」

美濤先生の取り巻きのようにして練習を見守り、ある種異様な雰囲気さえ漂わせていた彼女らの所以《ゆえん》が分かり、梨津子は嘆息していた。

「あなたが一生懸命になれば、必ずあの子にも伝わるでしょう。どうですか？　できますか？」

美濤先生に見据えられた梨津子は、こくりと首を動かした。

「はい。がんばります」

生活に充実感がなく、気がふさぐ思いでここ最近の毎日を送っていた身だ。自分にしかできないことがあるなら、手を挙げてでもやってみたい気持ちはある。

「じゃあ、明日の朝六時の練習から来なさい」

美濤先生はそう言うと、指導員室のほうに歩いていった。

ふと気づくと、リンクの出入口のところで、千草先生と小織がぽかんとした顔をして立っていた。

「あ、先生」

「えっと、もしかして……」今の美濤先生とのやり取りを見ていたらしい。

「ごめんなさい。美濤先生のところでやらせてもらうことになりました」

千草先生を振り回してしまい、梨津子は申し訳ない気持ちで頭を下げた。

「そうですか。いえ、いいんです。そうですか。よかったです。ほっとしました」

彼女は笑顔ながら慌《あわ》てた口調でそう言い、「じゃあ、ちょっと、諒子先生のほうに連絡しときますね」と携帯電話を手にして、外へ出ていった。


美濤先生の指導初日となった土曜日の朝、梨津子は六時十分前にスポーツセンターの一階駐車場に車を乗り入れると、ロッカールームでスケート靴を履く小織と別れて先にリンクに入った。

練習の付き添いも久しぶりな上、慣れない早起きも加わって、梨津子にとっては清々《すがすが》しい朝とは言いがたかった。しかし、リンクサイドの一角に選手の母親たちが固まっているのを見つけた梨津子は、あそこが今日からの居場所なのだと、引き締まるような気持ちを抱いた。

「おはようございます」梨津子は彼女らのもとに近づいて挨拶をした。「今日から美濤先生にお世話になります藤里小織の母です。これからよろしくお願いします」

梨津子の挨拶を受けた彼女らは、ごくごく常識的な礼儀をもって、「こちらこそ」と頭を下げ返してきた。

「水沼芹奈《みずぬませりな》の母です」

その中にあって、水沼芹奈のお母さんはおせっかい役を引き受けるタイプの人間らしく、梨津子を歓迎する笑みを浮かべて前に進み出てきた。

「小織ちゃんは高校生ですか？　今何年生？」

「高校一年です」

「そう。じゃあ、希和ちゃんと一緒ね。彼女が希和ちゃんのお母さんよ」

紹介され、梨津子は希和のお母さんに一礼した。向こうももう一度控えめに頭を下げてきた。

「こちらは竹山麻美ちゃんのお母さん。麻美ちゃんは希和ちゃんと同じ尾張大付属高に行ってて今は三年生なの」

小織と同じ高校生はその二人だけで、水沼芹奈は大学四年生、石黒桜《いしぐろさくら》と前田樹里《まえだじゅり》という子はそれぞれ中学三年生と二年生だということだった。

「分からないことがあったら、私たちに何でも聞いてくださいね」水沼芹奈のお母さんは丁寧にそう言ってくれた。

「よろしくお願いします。なにぶん、小織が中学のときまでは横浜にいたもので」

「あらそう……だからねえ、最近になって目にするようになったのは」

彼女は納得するように言い、続けて何か言いたそうにしたが、美濤先生の姿が見えたことで、あっさり口を閉じた。

「おはようございます」

母親たちが一斉《いっせい》に挨拶する。美濤先生は口の動きだけでそれに応え、リンクに身体を向けた。

「先生、今日からよろしくお願いします」

梨津子は一歩前に出て彼女の背中に声をかけたが、気のせいかと思うくらい小さく首が動いただけだった。

リンクに入っていた選手たちも、ゆっくり滑りながら連なって挨拶に来る。小織もその流れに加わって美濤先生に挨拶していく。指導初日ではあるが、美濤先生の小織に対する物腰に特別なものは見当たらなかった。

そして、美濤先生が見守る中での練習が始まった。小学生の頃などは、同じ課題を選手たちがそろって次々にこなしていくような練習もよく目にしたが、この年代ともなるとそれぞれのスキルも違い、演技内容も違うから、練習もてんでにやっているように見える。

小織はアウトサイド、インサイドとエッジを使ったスケーティングでまずは氷に慣れながら、スパイラルと呼ばれる、片足を腰の高さより上に保って滑る技や細かいステップなどで身体をほぐしていく。それからすぐに、シングルやダブルの軽いジャンプを跳び始めた。

「小織」

近くを滑り抜けようとしていた小織を美濤先生が呼び止めた。

昨日、千草先生に挨拶したとき、彼女から「美濤先生は小織ちゃんに四回転をやらせるかもしれませんよ」と、冗談とも本気ともつかないことを言われた。

小織にそんな大技ができるとは思えないと梨津子が不安を口にすると、千草先生は笑った。

「できるかどうかはやってみなくちゃ分かりません。美濤先生は向上心がある子を好みますし、トリプルアクセルだって、美濤先生の指導で挑戦してる子は希和ちゃんだけじゃないですよ。四回転にしても、美濤先生のもとで全日本女王になった近《こん》藤恵美香《どうえみか》ちゃんが練習で降りていたのを、私は見たことがあります。ジャンプはある程度、才能で決まりますから、今のうちにどんどんやってみることです。二十歳《はたち》をすぎてしまうと、確率や精度を上げることこそできるかもしれませんけど、一度も跳べなかったジャンプが跳べるようになるなんてことは、まず望めませんからね」

そんな千草先生の話もあり、梨津子は気持ちを構えていたが、美濤先生の指示はそういう類《たぐい》のものではなかった。ジャンプは跳ばなくていいから、ステップワークの練習を続けなさいというものだった。

「藤里さん」小織を送り出した美濤先生が、リンクに背を向けて梨津子を呼んだ。

「お話がありますからそこに座ってください」

「はい……」

言われて梨津子はベンチに腰を下ろした。

美濤先生が梨津子の前に立つ。

「小織の身体が硬いですね」

「え……？」

「この前見たときよりも、明らかに足が上がっていないし、動きも悪いです。ちゃんとアップの時間が取れるように、ここに送ってきましたか？」

「いえ……すみません、ぎりぎりでした」

五時に起きて、小織を起こし、自分も最低限の身支度を済ませて送ってきているわけだから、何とか時間に遅れないことだけで精一杯である。

「身体が動く状態でリンクに立たせるのは、私の仕事ではなく、あなたの仕事です。これではジャンプの練習もさせられませんよ」

「申し訳ありません」梨津子は頭を下げた。

「それから、小織のスケート靴。折れ癖が付いてしまってるから、早く新しいのに替えなさい。そういうのも怪我《けが》のもとになります」

「はい、分かりました」

それで話は終わったらしく、美濤先生は再びリンクに身体を戻した。ふと水沼芹奈のお母さんと目が合い、梨津子はしかられたばかりの照れ隠しに微苦笑《びくしょう》を浮かべたが、彼女のほうはそれに反応せず、何やら面白くなさそうに梨津子を見ているので、決まりの悪い思いが湧《わ》いた。

平松希和のお母さんが魔法瓶《まほうびん》にコーヒーを用意してきたらしく、紙コップに入れたそれを美濤先生に差し出していた。気が利くことをするものだなと思っていると、そのコーヒーはほかのお母さん方にも振る舞われ、梨津子もありがたくいただいた。

その後、練習は粛々《しゅくしゅく》と進み、七時台に入ると、小織にもようやくジャンプの練習をする許可が下りた。それと同時に、前回立ち会ったときと同じように、曲をかけての練習が始まった。

最後に小織の番が来て、千草先生からもらったCDを梨津子がラジカセにセットして流した。この練習でも、美濤先生は前回のように四回転を跳んでみろというようなことは言わず、手の動きなど、振り付けの細かい仕草《しぐさ》を修正するようなアドバイスを送っただけだった。

「じゃあ、また夜に」

時計が八時を指したところで美濤先生が言った。

「ありがとうございました」

「藤里さん」美濤先生は梨津子に声をかけ、一枚の紙を差し出してきた。「あなたはまだ出してないわね。夏休みに合宿があるから、申し込み用紙に記入しておいてください。うちでは都合が悪くない限り、お母さん方も参加されることを勧めてます。詳しいことはみなさんに訊いてください」

「はい」

美濤先生は水沼芹奈のお母さんから何か紙包みを受け取り、「ご苦労さん」と低い声でねぎらうと、一人先にリンクを出ていった。

梨津子はもらった紙にざっと目を通した。七月の終わりからお盆前にかけて、半月ほど長野で合宿を行うらしい。

新横浜では貸し切り練習などの時間が増えるサマーパッチというものが夏休み期間中にあったが、いわゆる合宿というものはなかった。小織はノービスの時代に、スケート連盟が主催する野辺山《のべやま》合宿に参加したことがあるくらいか。しかし、それも数日程度のもので、梨津子自身は付き添っていない。半月ほどの合宿に母親も付いていくとなると、家事のほうはどうするのだろうと、ほかの家庭のことが気にならないでもなかった。

「これ、私も行く場合、参加費はどうなるんですか？」梨津子は近くにいた水沼芹奈のお母さんに訊いた。

「そのお金で込みよ。子どもと相部屋だし、現地集合で行き帰りは自分の車だから。あと、ご飯は私たちが合宿所の炊事場で朝昼晩と作るの」

「まあ、そりゃ大変だわ」

何かと母親の仕事が多いクラブだ。しかし、それも受け入れてやっていくしかないのだろう。

「それより藤里さん」水沼芹奈のお母さんは妙に優しげな口調になった。「まだ何も分かってらっしゃらないようなんで、こちらから教示させていただきますけど、美濤先生が、話があるから座りなさいとおっしゃったときは、私たちは基本、正座ですからね」

「え？」

「え？　じゃなくて、正座です」彼女ははっきりと繰り返した。「ベンチの上に正座してください。それがお説教をたまわる者としての常識的な態度というものですよ。そうやって姿勢を改めて、真摯《しんし》な気持ちでお話を頂戴《ちょうだい》することによって、先生の言葉が心の深くまで届くことになるんです。気をつけよう、がんばろうっていう気持ちに素直になれるんです」

彼女の口調から、まぎれもなく本気で言っているのだということは分かった。まるで何かの宗教の信者のような心構えを説かれ、梨津子としては鼻白《はなじろ》む思いもあったが、入門初日でもあり、下手な口答えはしないほうがいいような気がして、「はい」とだけ返事をしておいた。

「それからみなさん、当番の調整をしましょう」

水沼芹奈のお母さんは、ほかのお母さんたちにも声をかけて梨津子に視線を戻した。

「うちでは、お弁当当番とお菓子当番、コーヒー当番がありますから、藤里さんもこれから加わってもらいます」

「何ですか？」

「千草先生のところではやってませんでした？」

そう訊かれて、梨津子は首をひねった。「さあ……私はほとんど送り迎えしかしてなかったもので」

「千草先生のところは、当番ではやってないかも」

竹山麻美のお母さんが口を挿み、水沼芹奈のお母さんは「そう」とだけ反応した。

「有志の方だけでやられてるんでしょう。うちでは当番でやってます。例えば、お弁当当番は、夜練習がある平日なら夕食、朝練習と夜練習がある土日なら朝食と夕食のお弁当を先生に召し上がっていただくということです。先生は多忙の身で、ともすれば外食ばかりになってしまいますからね、こういうことで私たちがささやかながら力になっていこうということです。もちろん、スーパーやデパートで買うんじゃなく、手作りのものに限りますよ。栄養のバランスやカロリーにも気をつけてもらわないとね。

お菓子当番は、先生が練習のときや休憩のときにちょっとつまめるようなものを用意しておく役です。決まっているお菓子屋さんがいくつかありますから、取り寄せるなり買いに行くなりして用意しておきます。コーヒー当番は、ドリップでいれた熱いものを魔法瓶に入れて持ってきます。コーヒーは一応、みなさんにも振る舞えるだけ作ってくる感じでやってますよ」

ということは、週の半分は何かしらの当番が回ってくるということだ。弁当はもちろん、お菓子当番であっても、そのへんのスーパーで買えるものならともかく、ひいきのお菓子屋まで行って買わなければいけないとなると、その手間のかかり具合は容易に想像できる。

能動的にやろうとする人間をあえて止めようとは思わないが、義務として全員に課すべきものだろうかという疑問は残る。自分の子どものために何かやるという話ならまだ分かる。しかし、先生の食事にお茶にお菓子となると、選手の母親というより、先生のまかないをやるようなものだ。それをしなければ、先生の指導に響くとするなら、決して安くないコーチ代は何なのかということになる。あまりにも過剰に奉仕しすぎではないか。

「それは、どうしてもやる必要があるなら、もちろん一緒にやらせていただきますけど……」

「必要があると思われない？」

「ごめんなさい、外から来たばかりだからか、ちょっと面食《めんく》らうようなところがありまして」梨津子は努めて柔らかく言った。「でもどうなんでしょう……先生はこういうことを望んでおられるんですか？」

「とおっしゃると？」

「いえ、娘のために自分の力を使うにしても、それぞれいろんな形があると思いますし、これをしなきゃいけないというものが先にあるのは、どうかなという気がしたものですから」

「これはね、うちでは十五年ほど前、世界女王になった石川亜樹《いしかわあき》さんのお母さんの代から始まったものですよ。当初、石川さんのお母さんがせっせとお弁当を作っていたところ、美濤先生が、やるならあなただけじゃなく、ほかの人も交代でやってもらうようにしなさいと言われて、こうなったんです。それを近藤恵美香さんのお母さんや大島真理子《おおしままりこ》さんのお母さんらが引き継ぎ、いろんな方々の努力があって、こういう形になってるんです」

「はあ……そうですか」

「藤里さん」水沼芹奈のお母さんは口もとに笑みをたたえながら、諭《さと》すように続けた。「二、三年前にも、こういうやり方を嫌がってた方がいらっしゃいましたよ。半年もたずにやめてしまわれて、娘さんもいい成績を残せないまま引退したようですけど……その方はね、私たちは高いレッスン代を払ってるんだから、もっと対等の立場で先生と接していいんじゃないか、不満があったらはっきり言うべきだし、子どもに対してならまだしも、母親にまで偉《えら》そうな態度を取らせて、その上、弁当だお菓子だって、こちらが気を遣わなきゃいけないのはおかしいじゃないかって、そう言ってらしたんです。藤里さんはどう思われます？」

「そうですね……一つの意見としては、そういう考え方もあるかなとは思いますけど」

梨津子が曖昧《あいまい》な言い方ながら、その考えに理解を示すと、彼女は唇を結んで首を振った。

「私はね、そういうのは違うと思いますよ。今の世の中、ともすればお金を払ってる人の声が大きくて、お店屋さんなんかでもお客というだけでふんぞり返った態度を取る人がいらっしゃいますけど、お金を払ってれば偉いというものではないと思いますよ。東京や横浜の人の気質がどうなのかは知りませんけど、日本人は本来、もっと謙虚さを美徳とする人間のはずですよ。結局、その方は、自分の子どもを見ている時間が少ない割には、レッスン代が高いと、レッスン代そのものにも文句を言うようになりました。でも、美濤先生は、『私に依頼している以上、私の請求通りに払ってもらいます』と言って、応じませんでしたよ。当然です。

私たちと子どもは、美濤先生に教えを請《こ》いたいと思ってお願いしてるわけでしょう。お金を払ってでもそうしてほしいと思ってるだけです。立場が対等だなんて、思い上がりもはなはだしいと思いますよ。第一、美濤先生は私たちがどう考えようが、受け持った選手の指導には、自分のことを差し置いて、本当に一生懸命になってくださいます。それに対して感謝の気持ちを持つのは自然なことじゃないですか。お金には収まらない気持ちを表すなら、こういうことだと思って、私は一生懸命お弁当を作ったりしてますよ」

選手の母親という意味では同じ立場の彼女から耳の痛いお小言《こごと》のような話を聞かされるのは、正直いい気分ではなかった。しかし、じっと聞いているうち、自分の甘さにはっと気づかされるような思いがあったのも確かだった。いつの間にか、おせっかいなだけに見えていたこのお母さんの胆力《たんりょく》のようなものに感心する気持ちも湧いてきた。

「分かりました。私もがんばりますので、明日から当番に交ぜてください」

梨津子がそう言うと、水沼芹奈のお母さんはふっとあごを引いてから、にこりと微笑んだ。

週が明けた月曜日、梨津子は美濤先生のお弁当当番になった。

横浜に住んでいた頃は、小織が学校から帰ってすぐに練習に行かなければならないときなど、よく弁当を作っておいて、スケートセンターの休憩室で食べさせたりしていた。名古屋に来て、そういうことも少なくなり、学校から直接練習に向かうときは適当に買って食べてもらうことが多くなっていたが、学校で食べさせる弁当は今も梨津子が作っている。手間はかかるものの、苦手な仕事ではない。

昼食を終えると、小織を学校に迎えに行くまでの間、弁当作りに取りかかった。オーソドックスな和食のおかずを中心にしようかとも考えたが、最初の弁当なので、見た目にも華やかなほうがいいように思った。夏場だから、多少辛味《からみ》が勝っても食欲をかき立てるもののほうがいいかもしれない。

トマトケチャップ、カレー粉、バジルペーストなどで三色ごはんを作り、おかずは卵焼きに豚《ぶた》の照り焼き、なすのマリネにほうれん草のおひたしなどを入れた。

手頃なプラスティック容器を弁当箱とし、当番から当番に受け渡されている美濤先生のお弁当専用の巾着袋《きんちゃく》にそれを入れる。五時頃までに指導員室の机にそれを届けておき、貸し切り練習が始まる七時半前に空《あ》いた弁当箱を回収してくるまでが仕事である。

余分に作ったので、それを小織の夕食用弁当にして、梨津子は授業が終わる小織を迎えに行った。

「ねえ、ちょっと、お弁当開けてみて」

高校の校門前で小織を車に乗せた梨津子は、大須まで送る途中、彼女の分の弁当を改めさせた。

「どう？　おいしそう？」

弁当箱を開けた小織は、彼女にしては弾《はず》んだ声で「うん、おいしそう」と答えた。

「ちょっと味見してみて」梨津子は気をよくして言う。「今日、美濤先生のお弁当当番なのよ」

「うん、おいしい」おかずを一つ二つつまんだ小織が小さくうなずいて言う。お世《せ》辞《じ》ではなさそうだった。

「そう、よかった」梨津子はすでに半ば役目を果たした気分になった。「それ、美濤先生の前で食べちゃ駄目よ。一応、美濤先生のために腕によりをかけたってことになってるんだから」

　そんな軽口をたたきながら、車を走らせた。

　スケートリンクに着くと、一般滑走に交じって自主練習する小織に付き添い、途中、五時をすぎたあたりで、弁当を指導員室に届けた。ほかのグループの貸し切り練習の間に休憩に入った小織を残して、大須の街で簡単に夕食を済ませると、再びスケートリンクに戻って、指導員室を覗いた。

　指導員室では、夕方はまだ姿を見せていなかった美濤先生が机の前に座り、眼鏡をかけて書類仕事をこなしていた。弁当箱の入った巾着袋は脇に寄せられている。

「お疲れさまです」梨津子は美濤先生に声をかけた。「お弁当のほう、もうよろしいですか？」

　美濤先生は梨津子を見るか見ないかというくらいわずかに視線を動かし、こくりとうなずいた。

「引いていいわ……ご苦労さん」

「はい」

　梨津子は机の前まで歩み寄って、巾着袋を手にした。

え……？

予想していなかった重量感があり、思わずぎょっとした。

美濤先生は書類をにらんだまま、梨津子が固まっていても、目もくれようとはしなかった。

「……失礼しました」

小声で言い、指導員室を出た。

巾着袋から弁当箱を取り出して開けてみる。

やはり……弁当は、ほぼ全部残されていた。

卵焼きと豚の照り焼きが半分ほどかじられ、三色ご飯の一部が少し減っているくらいだ。

どうしてだろう。まずくて食べられないとでもいうのか……梨津子には訳が分からなかった。

間もなく貸し切り練習が始まった。美濤先生は何事もなかったような顔をしてリンクに顔を見せ、小織たちの練習を指導していた。しかし、梨津子は弁当のことが頭から離れず、目の前で繰り広げられている練習の光景などは上《う》の空《わそら》でしか見られなかった。

来る前にどこかで食事をしてしまったのだろうか。小織が誰かから聞いた話によれば、美濤先生は昼の間も尾張大学のリンクで、平松希和や竹山麻美の指導をしているらしい。美濤先生のような立場の人間なら、そこかしこで関係者との接触も多いだろうから、ちょっとどこかで食事をという流れだってあるだろう。

それか、早急に片づけなければいけない事務仕事ができて、弁当どころではなくなったとか……あのときの様子を思い返すと、そういう可能性もなくはないと思った。

どうしてこんなことをくよくよ思い悩まなければいけないのか……そう思う気持ちもあり、しかし、一方では悔《くや》しさが拭《ぬぐ》い切れず、もんもんと考えこんでしまう。

九時頃、練習が終わり、美濤先生はお母さんたちに短くねぎらいの言葉を発して、リンクを出ていった。

「お弁当の袋、もらえます？」

「あ、はい」

梨津子は明日のお弁当当番である石黒桜のお母さんに巾着袋を渡した。

「藤里さん」水沼芹奈のお母さんが眉《まゆ》をひそめながら寄ってきた。「美濤先生、お弁当、ちゃんと食べられた？」

「いえ、ほとんど残されたんですよ」

「やっぱり……お菓子をけっこう口にされてたから、もしかしてと思ったけど」

　ということは、どこかで先に食事をして満腹だったということではなかったようだ。

「引き取りに行ったとき、何か事務仕事をされてたんで、忙しかったのかなとも思ったんですけど」

「でも、そんなのは毎日のようにやってるわよ」水沼芹奈のお母さんは言った。

「たぶん、お弁当が口に合わなかったんじゃないかしら」

「そうですか……」梨津子は訳が分からなくなり、少し口を尖《とが》らせて言った。「じゃあ、私には無理だってことですかね。一生懸命作ったんですけどね。何が気に入らないのか、私には分かりません」

「藤里さん、そんな捨《す》て鉢《ばち》みたいなこと言っちゃ駄目よ」水沼芹奈のお母さんは真剣な口調になって、梨津子をたしなめた。

「けど、あんまりじゃないですか。お弁当なんて、ちょっと見たら、どれだけ手間がかかってるかくらい分かりますよね。人が気持ちをこめて作ったものを、いかにもまずかったみたいにして突っ返してくるほうがおかしくないですか？」

水沼芹奈のお母さんは大きく首を振った。

「美濤先生は、口に合わないお弁当を無理に食べる義理なんてないのよ。私たちは親切の押し売りをしてるわけじゃないの。召し上がってもらえないなら、召し上がってもらえるものを考えて作らなきゃ。先生がおかしいって言ったって、事実は、先生がお腹をすかせながら練習に臨《のぞ》まなきゃいけなかったってことよ。そんな、先生にひもじい思いをさせちゃ駄目。捨て鉢な気持ちでやってたら、また次も同じ結果になるわよ」

「でも、どうすればいいんですか？」

「考えて。私だって口に合わないおかずは残されちゃうの。私たちの好意でやってることだから、先生からこういうのが食べたいなんてリクエストは出ないわよ。その代わり、合わなければ食べない。それだけなの。だから、自分で考えて、食べてもらえるお弁当を見つけるしかないのよ」

彼女らもそうやってやってきたのか……梨津子はまたしても自分の甘さを眼前に突きつけられた気持ちだった。

「あの……」

梨津子は考えながら、石黒桜のお母さんを見た。もう夏休みに入るから、合宿までに回ってくる弁当当番は一回がせいぜいだ。しかし、合宿までにこの課題は何としてもクリアしておきたかった。

「お弁当当番、明日も私にやらせてもらえませんか？」

「え、でも……」石黒桜のお母さんは戸惑うような顔をした。

「うん……石黒さん、やらせてあげたら？」水沼芹奈のお母さんが後押しするように言ってくれた。「藤里さん、美濤先生は卵焼きが好きなのは間違いないから、卵焼きを中心におかずを組み立てるといいと思うわ」

その卵焼きを一口しか食べてもらえなかったとは言えず、梨津子は彼女に礼だけを言い、石黒桜のお母さんから巾着袋を返してもらって、明日の再挑戦を誓った。

翌日、梨津子は名古屋コーチンの卵を買ってきて、じゃこ、めんたいこ、そぼろなどを混ぜた三種類の卵焼きを作った。それに加えてサバの塩焼きと夏野菜の味噌《みそ》炒《いた》めも作って、酢の物などと一緒に弁当箱に詰め、ご飯はゆかりと鮭《さけ》フレークを混ぜた二種類のおにぎりにした。

夕方、指導員室にそれを置いてくると、小織の自主練習を見ながらも、気はそぞろだった。七時半に近づくと、自分の夕飯もそこそこに、指導員室を覗いた。

美濤先生は缶コーヒーを片手に、何かの書類を読んでいた。急ぎの仕事というものではないのか、昨日よりはリラックスしている様子だった。

「お弁当、よろしいでしょうか？」

「はい……けっこうです」

美濤先生は弁当袋に軽く視線をやって答えたあと、一度は書類に目を戻したが、それから何かに気づいたように、梨津子を見た。

「今日もあなたなの？」

「あ、はい、ちょっと予定を変えていただいて……」

梨津子は引きつり気味の愛想笑いを浮かべて答えた。

「そう……ご苦労さん」

美濤先生は少し気まずそうに言って、書類読みに戻った。

お気に召しましたでしょうか……そんな言葉が喉《のど》まで出かかったが、手に持った巾着袋の重量感がそれを呑みこませた。

指導員室を出た梨津子は、ほとんど肩を落としながら弁当箱を開けた。やはり、中身は昨日と同じように残されていた。卵焼きが二切れと酢の物がなくなっているくらいだ。あとはつついた程度で終わっている。

美濤先生の反応からも、梨津子に対して何か思うところがあってのことではないというのは明らかだった。単純に口に合わないのだ。

「お弁当、どうだった？」

リンクサイドの母親たちに合流すると、水沼芹奈のお母さんがそれを尋ねてきた。

「ごめんなさい。また駄目でした」梨津子は恥ずかしさと申し訳なさが混じった気持ちで頭を下げた。

「うーん、私が作るのより凝《こ》っておいしそうだけどね……」

水沼芹奈のお母さんは、梨津子が開けてみせた弁当を見て、そんなことを言った。

「ダイエット中なのかしらね」石黒桜のお母さんも、梨津子を気遣ったようなことを言った。

しかし、先週までは普通に平らげていたというから、問題が梨津子の弁当にあるのは疑いがなかった。先生の体調も悪そうには見えない。

「明日もやらせてもらえませんか？　お願いします」

梨津子はほかのお母さん方に頼みこみ、「藤里さんがそう言われるなら」と了解してもらった。

夏休みに入り、土日に行われていた朝と夜の二度練習が平日でも行われることになった。昼間も学校がない分、自主練習の時間が長くなり、小織はほとんど一日中、リンクの上にいるような日々に入った。

サンドウィッチと決まっている美濤先生の朝食弁当は当番のお母さんに任せ、梨津子は前日に続いて、夕飯のお弁当を担当した。気合を入れるために専用の弁当箱も買った。昼をすぎると、小織をリンクに残してマンションに戻り、弁当作りに取りかかった。

卵焼きが好物といっても、三日続いてしまうので、今日はニラ入りのものを一個入れるだけにした。切り分けて、余ったのは小織や自分の分とする。ほかに鮭の切り身やハンバーグ、茹《ゆ》でブロッコリー、サトイモやニンジンの煮っ転がしなどを作り、ご飯は菜飯《なめし》にした。

弁当箱に詰めて熱を取り、ふたをする。自分の分も弁当にして持っていこうかと思っていたが、しつこく味見をしているうちに食欲も満たされてしまい、小織の分との二つを持っていくだけにした。

夕方、五時にはちょっと早かったが、梨津子は指導員室に立ち寄って、弁当を届けておいた。

「届けてきた？」リンクで顔を合わせた水沼芹奈のお母さんからも、気にしているような声がかかった。「今日はどうかしらね。空っぽになって返ってくるといいけどね」

たかが一つの弁当だが、ここ数日の梨津子の頭の中にはそのことしかないと言ってもよかった。母親たちが先生をサポートし、娘たちへの指導に思う存分力を発揮してもらおうというのが、美濤門下の考え方である。その意味においても、自分の作った弁当が先生に受け入れられるかどうかというのは大きな問題だった。それが受け入れられて初めて、美濤門下に入ったと認められるような気がしていた。

焦《じ》れるような時間をやりすごして、七時半がようやく近づいてきた。梨津子は不安と期待の混ざった緊張感を覚えながら、指導員室のドアをたたいた。

「失礼します……」

美濤先生は天井を向いて目薬を差しているところだった。差し終わって目をしばたたかせた彼女は、細めた目で梨津子を見て動きを止めた。表情こそ変えなかったものの、どこか虚をつかれたような様子にも見えた。

「あの、お弁当、よろしいですか？」

千草先生に会釈《えしゃく》を送ってから、梨津子は美濤先生に小声で訊いた。

「ええ……」

梨津子が巾着袋に手をかけたところで、グラデーションレンズの眼鏡をかけた美濤先生が訊いてきた。

「あなた、誰かに言われてるの？」

無理に弁当当番をやらされているのかということらしい。

「いえ、お願いしてやらせていただいてます」

答えながら手に取った巾着袋はやはり重く、梨津子は力が抜けるような気持ちになった。平静を保たねばと思いつつ、ほとんど無意識のうちにその場で巾着袋から弁当箱を取り出し、ふたを開けていた。卵焼きとブロッコリーのほか、煮っ転がしが少し食べられている程度で、やはり八割方は残されていた。

「加藤さん、お腹すいてない？」

美濤先生がクラブのマネージャーに声をかける。そんなふうに気を回す美濤先生を見るのは初めてだった。マネージャーも「え？」と戸惑っている。

どうしようもなく情けない気持ちになり、慌てて顔を押さえたときには、もう涙がこぼれ落ちていた。

「ごめんなさい……本当に申し訳ありません」

梨津子は声を震わせながら頭を下げた。弁当が通用しないだけでなく、先生に不要な気遣いまでさせてしまって、自分のやっていることははた迷惑以外の何物でもないなと哀《かな》しくなった。

「藤里さん」美濤先生がわずかに身を乗り出し、口を開いた。「こういうことであなたが神経をすり減らすのは、私の望むところではありません。いちいち気にされると、こちらも困ります。私は特に食にこだわりがあるわけではないので、お弁当がなければ、どこかで適当に済ませられます。だから、無理される必要はまったくありません」

「はい……ごめんなさい」梨津子はまた頭を下げた。

「けれど……」美濤先生はぼそぼそと続けた。「どうしても作りたいということなら、もっと薄味にしていただいたほうが食べやすいと思います。私は父が腎臓《じんぞう》を悪くして透析《とうせき》をしていたこともあって、塩辛いものには少し抵抗感があります。それに慣れたのはほかの方と比べても、全体的に味つけが濃いような気がします。あなて、薄味が物足りなくなっても困るので、そういうお弁当は遠慮させていただいてます。卵焼きも本当は、しょうゆ一滴くらい入れただけの、ただ柔らかく焼いたものが一番口に合いますし、ご飯も白いままで十分です」

康男《やすお》が何にしてもソースやしょうゆをたっぷりかける濃い味つけを好んでいたので、長年主婦業を続けているうちに、いつの間にかそれが自分の味になってしまっていたのだ……梨津子はそう気づいた。

「分かりました……明日また作り直してきます」

頬を拭ってそう言ったとき、梨津子はまたやる気を取り戻していた。


次の日、四日続けて弁当当番を務めた梨津子は、貸し切り練習前になって弁当箱を返してもらいに指導員室を訪ねた。部屋にいた美濤先生からは「下げてけっこうです」との言葉しかもらえなかったが、巾着袋を持ったときの軽さには狂喜乱舞《きょうきらんぶ》したくなるような嬉しさを感じた。指導員室を出て、弁当箱の中がまったくの空っぽになっているのを確かめ、年甲斐もなく飛び跳ねた。

リンクにそのまま入って、滑り踊《おど》りたい気分だった。

リンクサイドのお母さんたちが固まっているところへ小走りに寄っていくと、水沼芹奈のお母さんが、早速結果を聞きたそうな顔をして待ち構えていた。梨津子はうんうんと首を縦に振ってそれに応え、彼女らの前にたどり着く頃には目にたまった涙があふれる寸前になっていた。

「やったじゃない！」

水沼芹奈のお母さんに手を握って褒め立てられ、ほかのお母さんたちからも拍手を受けた。

やっと自分も美濤門下の一員になれた気がした。

5

「美濤《みなみ》先生の門下生になって、希和《きわ》ちゃんとは仲よくなったの？」千央美《ちおみ》が訊《き》く。

「うーん、最初は微妙だったかな」小織《さおり》は答えた。「私もそうだし、希和ちゃんもそんなに友達作るのうまくないタイプだから。夏合宿くらいから、ちょっとずつ話すようになった感じ」

「何の話をするの？」

「希和ちゃんはやっぱり、スケートの話が多いよ。新横の練習はどうだとか、外国のどこどこの氷は滑りやすくて、どこどこは滑りにくいとか、とにかくスケートに関係する話がほとんど」

「へえ、さすが希和ちゃんだね」

「私以上にスケート漬けの生活だもん。尾張《おわり》大付属は大学のリンクがあって、一日二時間は希和ちゃん一人でリンクを使えるようになってるの。朝とか夜に大須《おおす》で練習する以外にも、その時間になると授業を抜け出して、美濤先生を呼んで、マンツーマンで練習してたりするんだよ」

「すごいね。その練習の前後だって、アップとかクールダウンとか時間かけてやるわけでしょ。本当、一日中だね」

「合宿になると私なんか、二、三日でへとへとなんだけど、希和ちゃんは普段とそんなに変わらないみたいな顔してやってるもん」

「合宿は一日中滑るの？」

「ノービスのグループとリンクの使用時間を分け合うから、滑るのは一日五時間くらいかな」

「五時間かぁ。一日ならまだしも、それが合宿中、毎日続くと思うとすごいよね。私なんか、ボーリング二ゲームやっただけで疲れるもんなぁ。楽しくても毎日やるのは無理。集中力も続かないでしょ？」

「だらけてると、先生がダッシュとか入れてくるからね」

「ダッシュ？」

「リンクの向こう側まで滑っていって、バックで戻ってくるみたいなのをダッシュで何回もやらされるの。スピードに慣れるっていう目的の練習なんだけど、リンクサイドに止まってる子が目立ってくると、先生が手をたたいて、『ダッシュやります』って」

「優雅な競技に見えて、けっこう体育会系だねえ」千央美はそう言って笑った。

「滑ってないときは何やってんの？」

「走ったり筋トレしたり」

「えっ、じゃあ、スケート漬けっていうより練習漬けなんだ」

「そう。ジャンプの軸を作るために必要だからって腹筋とか背筋とか死ぬほどやらされて、自由時間は寝る前の一時間くらい。それもお母さんが美濤先生に言われて、私の身体をマッサージする時間にあててたから、全然好きに動けないんだけど」

「マッサージはもういいから、一人にさせてみたいな？」

小織は笑いながらうなずいた。「でも、お母さんも一生懸命だから言えない」

「そうやって献身的にやってるお母さんも大変だろうけど、本人も大変だよねえ」

「うん……合宿から四回転の練習が始まったし」

「うわ、本当に先生、四回転やらせようと思ってたんだ」

「合宿の最初に大学の先生が来て、ジャンプの動作解析をしてくれたんだけど、高さや滞空時間みたいなことは、希和ちゃんより私のほうが数字よかったりしたのよ。そんで先生がやっぱりやらせようって思ったみたい。最初は希和ちゃんと一緒にトレーニングルームのマットとかでハーネス使って四回転の感覚を身体に覚えさせる練習をするんだけど、それも希和ちゃんより私のほうがいい線いってるみたいな格好になっちゃって、結局私だけが徹底的にやらされることになったんだよね」

「へえ、それでどうなったの？」

「怪我《けが》した」

小織が言うと、千央美は「何だぁ」とがっかりした声を出した。

「だって、そんな簡単に跳べるわけないし」小織は笑う。「私、脚力はあってもスタミナが続かないから、練習の序盤で跳べないと、あとはもう転ぶためにやってるみたいな感じになっちゃうんだもん」

「で、結局、怪我してやめちゃったの？」

「ううん、そのときの怪我は大したことなかった。足首をちょっとひねったくらいだから。それもそのときは、うまく降りられそうで無理に踏ん張ったら、ひねっちゃったって感じ」

「え、じゃあ、惜しかったってこと？」

「そう。先生も『今の感覚でもう一回やってみなさい』って言うんだけど、私は『足、ひねっちゃいましたぁ』みたいな。合宿の最終日だからよかったけど」

「へえ、でもすごい」千央美はそう言い、にわかに目を輝かせた。「じゃあ、その怪我が治ったあとはどうだったの？　もしかして跳んだんじゃない？　ねえ、跳んだんでしょ？」

「あなたのジャンプは、跳ぶ前からもうあきらめてしまってるように見えますよ」
美濤先生が氷上の小織をじっと見ながら、厳しい口調で言う。「それとも、まだ足

が痛いの？」

「いえ……」

　ジャンプが抜けてばかりいた小織は、思い通りにならないパフォーマンスに自分でも苛立《いらだ》っているような暗い表情をし、うつむき加減に先生の話を聞いている。

「あなたのジャンプが抜けるのは、エッジがかからないからじゃないの。気持ちが遅れて、エッジをかける一番のタイミングを逃《のが》してるからです。ためらいの気持ちがあるから跳べないんでしょう。違いますか？」

　美濤先生の問いかけを受け流すようにして、小織はまだうつむいていた。

「小織っ！　ふてくされてないで、話を聞くときは、先生の目を見て聞きなさいっ！」

　美濤先生の隣から梨津子が大声でしかりつけると、小織はびくりと顔を上げた。

「ごめんなさい」

　小さな声で非礼を詫《わ》びた小織に、美濤先生が続ける。

「攻めの気持ちを忘れないこと。跳ぶ前のあなたの顔は、すごく不安げに見えます。跳べると思って跳びなさい。分かりましたか？」

「はい」

小織は返事をして、練習に戻っていく。

梨津子はノートに、「踏み切り前にためらわない。攻めの気持ちを忘れない」とメモし、ビデオカメラを構え直した。

「藤里さん、ちょっと座りなさい」

「はい」

梨津子は後ろに退《さ》がって靴を脱ぎ、ベンチに正座した。

「小織はほかの子たちと比べても、スタミナの面で見劣りがします。スタミナがないと、演技後半のパフォーマンスが落ちてしまうのは分かると思いますが、これは練習にも言えることです。本当なら一時間二時間集中すべき練習でも、スタミナがないとその集中力がもたない。結果的に、練習しただけのものが身に付かないということになるんです。だから、ここでの練習以外に、持久力を養うトレーニングを小織に課すこと。学校に行く前、朝は走らせてますか？」

「はい、走らせてます」

「あなたはちゃんと付いていってる？」

「いえ……小織に任せてます」

「自転車でいいからちゃんと付いていってって、追いこんでやりなさい。あの子は誰も見ていないと怠《なま》ける子です。本人にその気はなくても、身体が勝手にブレーキをかけてしまう。そうならないように、あなたがちゃんと付いて、お尻《しり》をたたきなさい」

「はい、分かりました」

指導に戻った美濤先生の背中に「ありがとうございました」と一礼すると、梨津子はノートに「ランニング強化。自転車で追いこむ」と記した。

夏休みの合宿を経て、フィギュアスケートに取り組む姿勢で一番変化があったのは、小織ら選手ではなく梨津子自身かもしれなかった。

氷上、陸上をあわせて一日十時間に及ぶ集中トレーニングを見守りながら、一方では朝昼晩の食事を作ったり、就寝前のマッサージをしたりして小織ら選手たちのサポートに励《はげ》んだ。美濤先生にしかりつけられることもあったが、スケート靴を履《は》いて氷上に出てまで熱心に指導する先生の背中を見ていると、気持ちも自然に引き締まり、小織に発破《はっぱ》をかける声にも力が入るようになった。

面白いもので、幼少の頃から小織の練習風景を見てきても、目の前で跳ばれたジャンプの種類など、ほとんど区別できなかったというのに、集中して見学しているうちに、そういうものは難なく見分けられるようになった。

また、それだけでなく、スケーティングの滑らかさや伸び、ステップや振り付けのキレなどでも出来不出来の差が見えてくるようにもなり、小織の前でビデオカメラを再生しては、「ほら、このときに足がちゃんと伸びてないでしょ。先生はここを直しなさいって言ってるの」と指導の真似《まね》まで遠慮なくできるようになった。

　梨津子がここまで真剣にのめりこむようになった背景には、小織の意外なほどの身体能力の高さがあった。合宿初日に体力テストをしてみたところ、小織は主に瞬発力や脚力の部分で、クラブ一番の数字を出した。のみならず、ジャンプの動作解析の結果でも、小織は高い能力を示していた。

　もちろん、いくら身体能力に優れていても、いい演技ができるとは限らないのがフィギュアスケートだ。ジャンプ一つ取っても、高く跳ぶことより、シャープな軸を作って素早く回転することのほうが重要であったりする。脚力だけでなく、全身の筋肉が統一性を持って、わずかな無駄もなく連動することが大事なのだ。トリプルアクセルが跳べる平松希和は、その能力が卓越《たくえつ》している。そのセンスがジャンプだけでなく、身のこなしやステップなどにも及んでいるからこそ、ハイレベルで洗練された演技をこなすことができるのだ。総合的な力で小織との間に大きな差があることは、梨津子の目で見ても疑いがない。

　しかし、細かい身体能力で小織が希和よりも優れているという事実は、梨津子を大いに興奮させた。練習によっては、小織も希和のような超高難度のジャンプを身に付けることができるかもしれないのだ。美濤先生が小織に四回転をやらせようとしているのも、まったくの思いつきや非常識な発想というわけでなく、先生なりの見込みがあってのことに違いないと思えてきて、梨津子は俄然《がぜん》、小織への期待がふくらみ始めたのだった。

合宿でとことん四回転トウループに挑戦させられた小織は、最終日の練習でもそれに取り組み、三回目に跳んだジャンプで見事着氷に成功した、ように見えた。しかし体勢が崩れていて、着氷した足が身体を支えきれず、何とかこらえようとしたようだったが、結果的には尻餅《しりもち》をついて終わった。

これは本当に惜しいジャンプだった。小織が足首をひねり、以後一週間ほど本格的な練習からは遠ざかる羽目《はめ》になったものの、梨津子は、四回転ジャンプの成功がすぐそこまで来ているような気がしてならなかった。

復帰してからの小織は、プログラムの練習と同時に、引き続き四回転への挑戦が課されている。これがものにできれば、美濤先生はプログラムに組み入れることを考えているようだ。しかし、惜しいジャンプは増えたが、まだ跳べたと言えるようなものはない。美濤先生が小織にアドバイスしている言葉を聞くと、どうやら気持ちの問題が大きいらしい。

「藤里さん、今日も気合入ってたわねえ」

練習が終わり美濤先生がリンクを出ていくのを見送ったあと、水沼芹奈のお母さん——水沼芳枝《よしえ》が声をかけてきた。

「小織があんなふうだから、ついつい大きな声出しちゃって……お恥ずかしい」梨津子は首をすくめて言った。

「でも、小織ちゃん楽しみよね。あれでまだ全日本ジュニアも出たことないんだから、本当に隠れた逸材《いつざい》よ。今シーズン、四回転デビューなんてことになったら、一躍脚光を浴びると思うわ。美濤先生も相当期待してるみたいだし」

水沼芳枝は後ろを振り向き、平松希和のお母さん——平松和歌子《わかこ》の耳を気にするようにしてから続けた。

「だって近頃、希和ちゃんの指導より、小織ちゃんの指導のほうが熱心に見えるもの」

「そりゃ希和ちゃんは尾張大のリンクでもレッスン受けてるから」梨津子は微苦《びく》笑《しょう》する。「それに、優秀だから、きっと言われることも少ないのよ」

梨津子の言葉に、水沼芳枝は、それも一理あるわねというようにうなずいていた。

合宿では小織も確かな成長を見せたが、それ以上に平松希和も高いテクニックにさらなる安定感を備えるようになった。トリプルアクセルはそれまで、十回跳んで四、五回降りられればいいほうだったのが、合宿で追いこんだ疲れが抜ける頃には、七、八割の成功率を誇るようになっていた。集中力といい、根気といい、競技のトップに立とうとしている選手の姿勢は、やはり普通の選手とは違う。

しかし、ときには美濤先生が希和と小織を並べて扱うようなこともあり、また、希和が多少なりとも小織を意識しているように見えることもあって、梨津子としてはそこにまた、小織への期待感をくすぐられるのだった。

「芹奈も希和ちゃんや小織ちゃんみたいな才能があったらねえ」水沼芳枝はどこか寂しげに笑った。「一生懸命やってるだけに、何とか最後の年くらいはいい結果が出てほしいって思うけど」

水沼芹奈はリンクの外で梨津子と顔を合わせても爽《さわ》やかな笑顔で明るく挨拶《あいさつ》してくれる、とても気持ちのいい女の子だ。小織ら後輩に対しても面倒見がよく、お姉さん格として慕《した》われているのは合宿中の様子を見ても分かった。名古屋では難関私大としてブランド力のある東山大《ひがしやま》に通っていて、都市銀行への就職も内定しているという。どう育てればこんないい子になるのかと思うほど、気質も身上も申し分がないい子である。

しかし、そんな芹奈もことスケートに関しては、努力以上のものを得られてはいない。一時はトリプルートリプルが跳べた時期もあったらしいが、二年ほど前に股《こ》関節《かんせつ》を痛めてから、トリプルーダブルがやっとになってしまったという。スケーティングの伸びもなくなり成績も落ちた。大学一年のときには全日本選手権で十一位までいったが、昨シーズンの全日本はショートプログラムで下位に沈み、上位二十四人が進めるフリースケーティングには出場できなかったそうだ。

今シーズンは有終《ゆうしゅう》の美を期して、特に母親である芳枝の後押しには渾身《こんしん》の力がこもっている。ただ、かつての成績以上のものを望むのは難しいだろうと思う。芹奈自身も真面目《まじめ》に練習に打ちこんではいるものの、小織や希和に比べてどこか肩の力が抜けて見えるのは、それだけ大人であるということと同時に、自分の限界をある程度見極めてしまった部分もあるように思える。

結局、人間性も素晴らしく、勉強もできてしまうところに、芹奈のスケート選手としての落とし穴があったのではないかなと梨津子は思わないでもない。それは恵まれた人生を送る上では武器と言ってもいいものだが、スケートをする上ではむしろ贅肉《ぜいにく》になってしまいかねないものではないかと思うのだ。

美濤門下に入る前は、こんな考え方はしなかった。スケートの成績がそこそこでも、ほかにとりえがいくらでもあるなら、それで十分だと考えていた。

しかし、こうやって毎日リンクサイドにへばりついて、小織をはじめとする選手たちの姿を追っていると、そういう考え方ではいられなくなる。希和も芹奈も、スケートに自分の青春を捧《ささ》げてきたことでは変わりはないはずだが、リンクの上で前途洋々たる輝きを見せつけるのは希和だ。勉強よりスケートを優先し、周りに必要以上の愛想《あいそ》を振りまかない彼女は、贅肉となるものを潔《いさぎよ》く捨ててしまっている。

小織も中途半端になるのはよくない……梨津子はそんなふうに思うようになった。

「えらぁ……」

リンクからの帰りの車中、後部座席に乗りこんだ小織が、誰の影響か名古屋弁で疲れたようなことを言ったので、梨津子は小さな笑いを嚙《か》み殺した。

「週末、整体に連れてってあげようか。芹奈ちゃんが行ってるとこ」

「うん」

「その代わり、あさってから、朝のランニング、お母さんも付き添うことにしたわよ。明日、自転車買ってこなくちゃ」

「えー……」小織はげんなりした声を上げた。

「先生に、もっと走らせなさいって言われたのよ。スタミナが足りないって」

「ちゃんと走ってるのに……」

「あと、学校の先生に一度訊いてみて」

「何を?」

「午前中の授業で練習を優先させられるようなの、あるかどうか……九時くらいはみんな学校に行っちゃうし、貸し切りも取りやすいんだって。時間があれば、美濤先生もマンツーマンで見てくださると思うし」

水沼芳枝に聞いた話では、芹奈も午前レッスンをやっているらしい。貸し切りリンク代を一人で持つのは大変だが、伸び伸びと練習できるメリットは大きい。大学四年で時間は十分ある上、芳枝も懸命にサポートしているからこそ可能な追いこみだ。

しかし、小織は気の進まなさそうな声を出した。

「えー……何て訊くの？」

「だから、『スケートの練習をがんばりたいから、授業の一部をレポート提出とかに替えられるようお願いしたいんですけど』って言うのよ。尾張みたいにはいかないかもしれないけど、本山《もとやま》だって過去にはスケートの選手を出してるんだから、話は通じるはずよ」

「そういうの、もっとあとでいいよ」

「もっとあとって？」

「大きな大会に出るようになってから」

「大会に出るときは、そりゃ学校は休ませてもらうわよ。そうじゃなくて、練習のときも遅刻とか早退とか許してもらうように言っときなさいってこと」

「だから、大きな大会に出て、そういうこと言ってもいいような感じになってから……」

「何とろいこと言ってるの。今からそうやって練習して、全日本に出ればいいことじゃない。同じよ」

小織のおとなしくて勝気になれないところも、以前は好ましく思っていたが、今はもっと気持ちを前面に出してくれないものかと、もどかしく感じてしまう。

「体育とかクラブの時間なら、認めてもらえるかもしれないけど……」小織がぶつぶつと言う。

「でも、それは午後でしょ？　いいわ、お母さんが訊いてみる」

九月の終わりに行われる中部ブロック大会まで一カ月を切っている。インターハイや国体は年明けになるが、フィギュアスケートの国内における一番大きな大会は十二月下旬に行われる全日本選手権であり、それへの階段となっている中部ブロック大会、西日本大会、全日本ジュニア選手権はどれも落とすことができない重要な試合だ。悠長《ゆうちょう》に構えていると、シーズンはあっという間に終わってしまう。

次の日、梨津子は小織を学校に迎えに行ったついでに職員室に寄り、担任の先生を捉《つか》まえて練習への協力を求めた。担任の先生は、積極的に理解を示すような態度は見せてくれなかったが、主要大会が終わるまでということなら、単位に響かない範囲で遅刻や早退をしたとしても、それは本人と家庭の判断でしているということで、学校側としてもうるさく言う類《たぐい》のものではないでしょうという見解を述べてくれた。

夜になって貸し切り練習が始まる前、指導員室を訪れて美濤先生に個人レッスンを申しこむと、あっさりOKの返事がもらえた。クラブの加藤マネージャーにお願いして、週に一、二度のペースでリンクの予約を取ってもらうことになった。

翌朝からは、梨津子も自転車に乗って、小織のランニングに付き添った。

「ちんたら走ってないで、もっとスピード上げなさい！」

そんなふうに発破をかけながら、平和公園に向かう猫洞《ねこがほら》通の坂を二人で走っていく。小織はお世辞にも軽快とは言いがたい走りで、「無理して怪我したら嫌だ」などと言い訳しながらマイペースを保とうとする。美濤先生からスタミナのなさを指摘されても仕方がない現状であることは、その様子からも明らかだった。しかし、梨津子の付き添い効果がなかったわけではないらしく、ランニングが終わったあとはぐったりした様子を見せていた。

もっとも、身体にきたのは梨津子も同じだった。ランニングに付き添うのだから、自分も根性を見せなければと、電動アシスト付きでなく、普通の自転車を買ったことを早くも後悔した。千種《ちくさ》区も東のほうに行くと丘や山が付いた地名が増え、こんなに坂があったのかと思うほどのアップダウンが続く。長い坂などは小織と一緒に、はあはあ言いながら上った。

ただ、それも悪い気分ではなかった。春先よりはよほど体調もいい。四十も半ばに入り、毎年のように若さが失われていくことへの失望とあきらめが自分の中のどこかにあったが、それはもしかしたら、歳《とし》を取ったという意識が強すぎただけかもしれないと思うようになっていた。今は春先より、四、五歳は若返っているような気さえしている。

平日の午前練習も始まり、梨津子は美濤先生のサンドウィッチとコーヒーを用意してレッスンに付き添った。

リンクに一人だけという機会は試合でもなければなかなか経験できなかったことであり、小織も無人のリンクを前にして最初は心細そうに戸惑っていたが、滑り始めるといつもより気分がいいのか伸び伸びとしているように見えた。

ほかの選手の動きを気にしなくてもいい中で、美濤先生は小織にどんどんジャンプを跳ばせた。

「ここのラインを行きなさい。そして、ここでジャンプ」

美濤先生もスケート靴を履いてリンクに立ち、助走の入り方からスピード、踏み切りのタイミングなどを念入りにチェックしてくれた。

「ぐっと締める！　内ももまで締めて！」

四回転トウループの練習をやり、引き続いてフリップ－トウ、ループ－トウなどのトリプル－トリプルの練習を休みなくこなしていく。

ジャンプの練習が一通り終わると、曲をかけての演技練習に入る。梨津子がラジカセのスイッチを押し、美濤先生が手をたたくと曲を止める。手の動き、ポーズの取り方など、細かい動作を修正し、また先生が手をたたいたら曲を再開する。

「ありがとうございました」

一時間の練習はあっという間であり、そして充実していた。

「三、四時間は練習した感じ」

学校に向かう車の中、小織はぐったりした様子でそんなことを言った。希和や芹奈らと練習しているときは、ちょこちょことリンクサイドの梨津子のところに寄ってきて、ティッシュで洟《はな》をかんだり水分補給したりしながら休憩を入れるのが、彼女のいつもの練習スタイルだったのだが、今日はそんな暇もほとんどなかった。

「こんなありがたいことないのよ」梨津子は言ってやった。「あんな一流の先生に誰もいないリンクで指導してもらえて……トップスケーターと同じことやってもらってるんだから、もっとがんばってうまくならないと」

「うん……」

　十分分かっていることなのだろう、小織は少し鬱陶《うっとう》しげに返事をした。

　マンツーマンレッスンも二回、三回と重ねるうち、美濤先生の指導はさらに熱を帯びてきた。特に四回転トウループの練習には時間の半分近くを割《さ》き、一番跳びやすい助走スピードや角度を模索しながら、何度も何度も取り組み、失敗を重ねる小織への叱咤《しった》にも激しさが増してきた。

　そして四回目のこの日、美濤先生の熱血指導もピークに達した。

「もっと強い気持ちを持ちなさい！」

　いい感じで踏み切りながらも、結局はうまく降りられず、尻餅をついては泣きそうな顔をしている小織に、先生はとうとう声を荒《あら》らげた。

「あなたは降りられないんじゃなくて、降りようとしてないだけ。今日中に一回降りるって、私に約束しなさい」

　小織は氷上に座りこんだまま、黙ってうなだれている。

　それを一瞥《いちべつ》した美濤先生は、小織に背を向けて、リンクから上がってしまった。

「藤里さん」

梨津子がベンチに正座する間もなく、美濤先生は続けた。

「できないと思っている子にジャンプを跳ばせることは不可能です。今日の練習はこれまで。しばらく朝の練習はやめにしましょう」

そんな言葉を残すと、美濤先生は梨津子が頭を下げるのも見ないうちに背を向け、リンクを出ていってしまった。

「小織！」

半べそをかいている小織を呼び、リンクから引っ張り上げ、梨津子はその肩を摑《つか》んだ。

「先生に、『今日中に跳びます』って言ってきなさい。ね？」

「だって、跳べないもん……」目を赤くしながら、小織は口をゆがめた。「四回転なんて、みんな跳んでないもん」

「先生がそんな不可能なこと、あなたにやらせてると思ってるの？　跳べる力があると思ってるから、厳しいこと言ってるのよ。先生の前でそんな、跳べないなんて絶対言っちゃ駄目《だめ》よ」

「一生懸命やってるのに……」小織は嗚咽《おえつ》を洩《も》らしながら腰を折った。

「しっかりしなさい！」梨津子は小織の肩を揺すって言う。「そんなめそめそしてたら、誰だって教える気なくすわよ」

梨津子は小織の肩を抱《かか》え上げ、ベンチに座らせると、ジャンパーを羽織《はお》らせた。

「十分だけ泣かせてあげる。十分で気持ちの整理をつけなさい」

梨津子はそう言って、合宿中によくやり、今では寝る前の習慣ともなった小織の足のマッサージを始めた。今日中に跳べと言われても、小織はもはや、かなり疲れている。その疲れをできるだけ取り除いてやることで、少しでもやる気を取り戻してくれないかと思った。

十分はとうにすぎ、十五分もすぎていただろう。小織が泣きやんでも、梨津子はずっとマッサージを続けていた。

「……先生んとこ、行ってくる」

ふと小織がそんな言葉を呟《つぶや》くように言い、梨津子は顔を上げた。表情はだいぶ落ち着いたように見えた。

「やるのね？」

確かめると、小織はこくりとうなずいた。

よし……。

「お母さんが行ってくるから」梨津子は立ち上がった。「小織は練習始めてなさい」

せっかくのリンクの使用時間をずいぶん無駄にしてしまったが、今日、あと十分でも練習が再開できれば、それは明日につながる価値があることのように思えた。美濤先生にどう言えば指導に戻ってもらえるだろうか……そんなことを考えながら、梨津子は小走りで指導員室に向かった。

「あの、先生！」

ガラスドア越しに先生の背中が見え、梨津子はドアを開けるなり、その背中に声をかけた。

しかし、その足もとを見て、梨津子は続く言葉を言えずに立ち尽くした。美濤先生はまだ、スケート靴を履いたままだった。

「じゃあ、行きましょう」

梨津子の顔を一瞥した美濤先生は、そこから言えなかった言葉を読み取ったように、すっと立ち上がった。

「お願いします」

梨津子は安堵《あんど》と感激がない交ぜになった胸の内を押し隠すようにして頭を下げた。

結局その日も、小織は四回転を跳ぶことができないまま練習を終えたが、美濤先生が再び激したり失望感をあらわにするようなことはなかった。小織の表情から弱々しさが少し消え、気持ちに芯《しん》のようなものが加わって見えたせいかもしれなかった。梨津子の目にも、その変化ははっきりと分かった。

五回目の個人レッスンを始める前、美濤先生は小織に、「今日、あなたが達成したいことを言って、それを必ずやると私に約束しなさい」と言った。

小織は一瞬、息を吞《の》むようにあごを引いたあと、はっきりした声で、「四回転を降ります」と口にした。

「じゃあ、始めなさい」

美濤先生に促《うなが》され、小織はリンクに飛び出していく。フォアとバックのスケーティングでスケートを氷に馴染《なじ》ませ、ターンや演技の振り付けなどを挿《はさ》みながらトウループを跳ぶ。二回転を一度跳び、続けて三回転を何度か跳んだ。

それからまた肩の力を抜くようなフリースケーティングに入り、リンクを半周したあと、ジャンプの助走に移った。しかしこれはタイミングを取っただけで、実際には跳ばなかった。

美濤先生はリンクの中、リンクサイドの手すりの前に立ったまま、何も言わずに小織の滑りを見ている。梨津子はリンクの外、美濤先生の真後ろで同じように小織の動きを見守っていた。

小織はぐるりとリンクを回り、再びジャンプの助走の体勢に入った。ターンして後ろを向き、一本足になった右足の膝《ひざ》を深く曲げて、ぐっと重心を落としながら左足のトウを突く。

小織の身体が伸び上がり、宙《ちゅう》に舞った。

腕を胸に引きつけ、頭から足にかけて一本の軸が出来上がると、ものすごい速さで回転していく。

着氷……しかし、回り切れていなかったのか、上体がつんのめるように折れてしまい、転倒こそしなかったものの、氷に手をついてリカバーしたような形になった。

梨津子は思わず大きく息をついた。

惜しかった。

合宿中の足を痛めたときのジャンプよりも惜しい出来だった。

あともう少しじゃないか。

がんばれ。

美濤先生が無言のまま、踏み切りから回転に移るときの腕の動きをジェスチャーしてみせる。何度も指摘しているポイントなので、小織はそれを見て一つうなずき、また滑り始めた。

二度目の挑戦は跳んだ瞬間、軸が傾き、回転が抜けたような格好になって降りてしまった。パンクと呼ばれる失敗ジャンプの一種だ。

「跳ぶ前から力《りき》まないの！」美濤先生が思わずというように声を飛ばす。

この兆候《ちょうこう》が出ると、小織のジャンプは狂い始めることが多い。案《あん》の定《じょう》、次のジャンプは軸こそ傾かなかったが、回転がまったく足りずに転倒してしまった。

「考えすぎない！」

洟をすすりながら練習を続けようとする小織を呼び寄せ、ティッシュを渡しながら、美濤先生は声をかけた。

「跳ぶ前はもう何も考えなくていいの、あなたは。タイミングだけ逃さないようにして、あとはえいって跳びなさい」

袋小路に陥《おちい》りかけている小織の頭を空っぽにさせ、「えいっ」と声に出してのダブルトウループをその場でやらせてから、美濤先生は小織を送り出した。

絶妙に空気が変わった気はした。

小織がゆっくりとリンクを回り、やがて徐々にスピードを上げていく。身体を立てて気持ちを整えるような間を置くと、ターンを挿んでバックスケーティングに切り替え、ジャンプのタイミングを計る。

そしてトウを突き、跳び上がった。

まっすぐに伸びた身体が空中で独楽《こま》のように鋭く回る。小織の白い顔と後頭部の黒髪がコントラストになって、明滅する光のように梨津子の目を打つ。

そして……。

着氷した小織の右スケートのエッジが氷を捉《とら》えた。

そのまま後ろに流れるスケートに、小織の身体はしっかりと乗っていた。両手を左右に広げるポーズも決まっていた。

降りた……！

梨津子は思わずぱしっと手をたたいていて、その音がリンクに響き渡った。

いつか跳べるはずだと思っていたにもかかわらず、自分が目にした光景が信じられない気分だった。

しかし、小織はとうとう跳んだのだ。

自分でもはっとしたような顔をして、小織は梨津子たちのほうを見ていた。控えめな小織が精一杯、どうだ見たかというアピールをしたようにも見えた。

「続けなさい」美濤先生が冷静な声で言った。

美濤先生のそんなそっけない反応は、梨津子も心のどこかで予想していて、だから特別がっかりするようなことはなかった。自分だけでも十分嬉《うれ》しさを嚙《か》み締めることができた。

練習を続ける小織を尻目に、美濤先生がリンクから上がってきた。スケート靴にエッジケースを付け、「コーヒーもらえる？」と梨津子に声をかけてきた。

「はい」

梨津子は魔法瓶《まほうびん》からカップにコーヒーをいれ、ベンチに腰かけた美濤先生に渡した。彼女はゆっくりとコーヒーを一口飲み、小さな吐息《といき》をついた。

ああ……。

こんなにおいしそうにコーヒーを飲む美濤先生を初めて見た……梨津子は何だかいっそう嬉しくなった。

梨津子も自分の分を注《つ》いで、至福の一杯を味わった。

小織が戻ってきた。ティッシュで洟をかみ、ペットボトルのスポーツドリンクで喉《のど》を潤《うるお》す。

「あれは完全には回ってなかったわよ」美濤先生がベンチに座ったまま、小織に声をかける。「試合なら確実にダウングレードでしょう」

「はい」

表情をかすかに強張《こわば》らせて返事をした小織に、美濤先生は続けた。

「でも、よく降りました」

めったにない先生の褒《ほ》め言葉を前にして、小織もどんな顔をしていいのか分からないというように、硬い表情のまま「はい」と繰り返した。

6

「すごーい！　すごいじゃん！」

千央美《ちおみ》はローテーブルをバンバンたたいて、興奮気味にまくし立てた。

「四回転だよ？　私だって、それがどれくらいすごいことか分かるよ。とんでもないことだよ」

「そんなことないよ。練習でできたって、できたうちに入らないんだから」小織《さおり》は千央美の賛嘆の声をまともには取らず、冷静に返した。「それにあのときの私は、確かに『跳べた』って思ったんだけど、見方を変えると、回転不足でも転ばずに降りられたっていうだけだった気がするんだよね。四回転って、やっぱり甘いもんじゃないよ」

「でもさぁ、回転不足かどうかなんて、ジャッジの人がスローで再生して判断するわけでしょ？　普通の人は転ばずに降りたジャンプだったら、成功だって思うよ。回転不足とか、はっきり言って余計なお世話だよ」

「うん……まあ、そうかもしれないけど」小織はくすりと笑った。

「それで、その後の練習でも跳べたの？」

「ん……その日はもう一回降りられたけど、それからは一日の練習で、一回降りられるかどうかって感じかな」

「それでもすごいじゃない。グループ練習で最初に跳んだときは、周り、どんな反応だった？」

「お母さん軍団から、わって声が上がったのは憶《おぼ》えてる。ちょっと嬉《うれ》しかった」

「へえ」千央美はその光景を想像したように微笑《ほほえ》んだ。「お母さんも喜んでたでしょ」

「うん」小織はうなずく。「スケートやってた中で一番くらいに喜んでた。最初跳んだ日の夜は焼肉に連れてってくれたし」

　成績が出るわけでもなく、技ができたできないという話だから、母も単純に喜ぶことができたのだ。もしかするとあれは、小織の進歩に母が純粋に喜びを感じられた最後の頃だったのかもしれない……そんなふうにも思う。

「希和《きわ》ちゃんの反応は？」千央美が訊《き》く。

「『すごいね』とは言ってたけど」小織は小さく笑った。「私の四回転と希和ちゃんのアクセルって、ジャンプに入る場所がほとんど一緒だったんだよね。で、希和ちゃんから、あんまりトウをガシガシ突かれると、氷が削れてアクセルの練習ができなくなるから困るみたいなこと、ぼそっと言われたりしたし……」

「そんなこと言うの？」千央美が軽くのけ反《ぞ》って言った。「けっこう性格悪いね。自分が場所変えればいいじゃん」

「うーん、でも、氷が削れて滑りづらいのは事実だから」小織は言う。「希和ちゃん、性格はいいよ。飾らないし、いろいろ悩んだりしてるのが正直に出る子だから、そういうことも言ったりするだけで」

「ライバル心だよ」千央美は愉快そうに言った。「練習仲間とかじゃなくて、ライバルとして意識し始めたんじゃないの？」

「うーん、そんなこともないと思うけど……」

けれど、振り返ってみて、自分の遥《はる》か先を走っていると思っていた相手の背中が、あの時期、ふと見えたような気がしたのも事実だった。

「ねえねえ、ちょっと着てみてごらん」
中部ブロック大会が数日後に迫った夜、練習から帰ってきた小織が風呂から上がると、梨津子《りつこ》は昼間、衣装屋からもらってきた試合用コスチュームを広げ、小織に試着を促《うなが》した。
コスチュームは四着作ってもらった。中学時代のものは身体に合わなくなってしまっている。
一着は公式練習などで使うことを想定した予備的なものなのでシンプルなコスチュームだが、ほかの三着はあれこれと細かいデザインを指定し、金額もそれぞれ二十万円近くになった。

小織がデザインしたものは、藤色の濃淡《のうたん》がきれいな明るいコスチュームで、フリルの付いた袖《そで》とサテンの柔らか味のあるスカートが可愛《かわい》らしい一着だった。小織はまずそれを着て姿見の前に立ち、満足げな顔をしてみせた。

「可愛いけど、もうちょっと華やかさが欲しいわね。襟《えり》もとに石を付けよっか？」

「これでいいよ」小織が言う。

「こっちも着てみて」

あとの二着は梨津子がデザインしたものである。ワインレッドの少し大人っぽい一着と、ピンクとエメラルドグリーンの派手なセパレートデザインの一着。梨津子も本当はシンプルなほうが好みではあるのだが、衣装屋に「もっと派手にしないとリンクで目立たないよ」と煽《あお》られているうちに、感覚が変わってきた。夜も寝ないでデザインを何度も描き直し、かなり凝《こ》ったものを描き上げた。金糸の刺繍《ししゅう》が目立つが、石もあとで貼《は》るつもりだから、地味とは言われないだろう。小織も華やかなコスチュームで気持ちが高まってくれるのではないかという期待もある。

「ああ。いいかも」

ワインレッドのコスチュームを身に付けた小織は、まんざらでもないようなことを言った。

「いいでしょう。もうそういう感じのも着こなしていかなきゃいけない歳《とし》なんだからね」

小織は希和ほど手足がすらりとしているわけではないが、体型的には均整が取れているほうなので、コスチュームを着せても見映《みば》えは悪くないのが幸いだった。

「うわあ……」

ピンクとエメラルドグリーンのコスチュームを着た小織は、その派手さ加減に困ったような顔をしていた。

「小学生のときはもっと派手なやつだって着てたじゃない。レインボーカラーのやつとか」梨津子は言ってやった。

「あれだって、そんなに好きで着てたわけじゃないもん」小織も言い返す。

「着てれば慣れるわよ」

ブロック大会まであと少し。練習もジャンプはもちろん、スピンのポジションチェックや、顔の角度あるいは指先にいたるまでの細かい意識徹底など、美濤《みなみ》先生の指導も微に入り細にわたったものになってきた。演技構成や振り付けは千草先生が作ったものがもとになっているが、美濤先生の手が入って、だいぶ形を変えてきた。

何より、一番大きな変更点は、四回転トウループをフリープログラムの初《しょ》っ端《ぱな》に組みこむことになったということだ。

練習で降りることができたといっても、試合でそのジャンプがそのまま通用するほど甘い世界ではない。九割成功するジャンプでも試合では抜けてしまうのがフィギュアスケートというものである……美濤先生はそんな話をしながら、しかし、小織には四回転を試合でやらせると言った。

「あなたには失うものは何もないのよ。今までノービスでもジュニアでもトップグループに隠れてたあなたが全日本の表彰台を目指そうとするなら、まず今シーズン、この四回転を試合で降りて、藤里小織という名前をジャッジや連盟の人に憶えてもらいなさい」

美濤先生はそう言って、小織に四回転への挑戦を言い渡した。

日に一回決まるかどうかという四回転を試合に跳ばせるなど、普通に考えたら無謀な話である。現に、トリプルルッツでさえ、小織の場合はアウトエッジで踏み切れない上、成功率も高くないということで、ショート、フリーどちらにも組みこまれていない。トリプルートリプルなどは、難度が高いフリップートウでも五割くらいの成功率はあるのに、試合のフリーで跳ぶのはトリプルーダブルという安全策である。

しかし、そんなプログラムに四回転トウが一つ入ることによって、俄然《がぜん》冒険的な色合いが増すように感じられるのが面白かった。

小織はスケートの世界では伏兵《ふくへい》である。希和のようにノービスの頃から頭角を現し、海外試合の経験も積んで将来を嘱望《しょくぼう》されている選手ではない。

だが、そんな小織が公式試合でいきなり四回転を成功させたら……その光景を思い浮かべるだけで、梨津子はわくわくしてならなかった。

今の日本の女子フィギュアスケートは、希和のような一部の天才を除いて、あとの第二集団、第三集団は団子《だんご》である……水沼芳枝《よしえ》らがよく話していることだ。全日本の一桁《ひとけた》に食いこんでいた選手が次のシーズンには体調管理や調整に失敗して二十位以下に簡単に落ちてしまう。そうかと思うと、ジュニアから上がってきたばかりのあどけない顔の選手が、怖いもの知らずの演技で表彰台に迫る活躍を見せたりもする。

小織は無名だが、その分、フレッシュでもある。希和と小織の間に何人の選手がいるのか分からないが、勢いに乗れば、一気に団子を抜け出す選手になってくれるかもしれない。

いよいよブロック大会の日がやってきた。

長久手《ながくて》のスケートリンクで行われるこの中部ブロック大会には、美濤門下生の選手六人全員が出場する。平松希和と大学生の水沼芹奈《せりな》はシニアの部で、小織ら四人はジュニアの部だ。

高校生でも七級を持っていれば希和のようにシニアの部にエントリーできるが、やはりシニアはそれだけ層も厚く、ジュニアでまず好成績を挙げることが優先される。小織はとかくスタミナ不足を指摘される身体なので、フリーの演技時間が三十秒少ないジュニアはそれだけ戦いやすいということもある。

小織はノービス時代、関東ブロック大会で三位に入り、表彰台に上ったことがある。だからこの大会でも十分表彰台を狙《ねら》えると梨津子は思っているし、できれば真ん中を射止めてほしいと願っている。

もちろん、それが簡単なことではないのも分かっている。名古屋の選手はとにかくジャンプをよく跳ぶ。シニアの全日本選手権でも試合で三回転のコンビネーションを成功させる選手は半数もいないだろうが、挑《いど》むのはただとばかりに、美濤門下の小織を含む四人はいずれもショートかフリーどちらかでトリプルートリプルを予定している。同門内にも強敵がそろっているわけだ。

それだけではなく、岩中諒子《りょうこ》先生の秘蔵っ子と言われる〔尾張《おわり》サンライズ〕の大塚聖奈《せいな》も出てくる。大塚聖奈は美濤門下の前田樹里《じゅり》と同学年の中学二年生で、トリプルアクセルの習得にも意欲を見せている樹里をして、「あの子には絶対勝てない」と言わしめるほどの逸材《いつざい》である。

噂《うわさ》ではルッツ―ループのきれいな三回転コンビネーションを跳ぶという。

半回転多いアクセルを除けば、ルッツは五種類あるジャンプの中でも最高難度とされ、基礎点も高い。また、左回転の一般的な跳び方をするジャンパーの場合、どのジャンプでも着氷は右足になり、自然、続けて跳ぶコンビネーションのセカンドジャンプは、右足踏み切りのトウループかループになるわけだが、難度的には左足のトウを突かずに右足だけでくるりと回るループのほうが高いとされている。つまり、ルッツ―ループのコンビネーションは最強と言ってよく、うまく決まれば、小織が得意としているループ―トウのコンビネーションなどとは比較にならない高得点をたたき出す可能性があるのだ。

初日のショートプログラムでは、早速その大塚聖奈がヴェールを脱ぎ、ノーミスの演技でトップに躍《おど》り出た。

大塚聖奈は中学二年生ながら小織より十センチ近くは頭が出ているほどの長身で、その分、滑りも大きく見える。顔立ちには歳相応のあどけなさが残っているのだが、利発そうな目とぴんと立った耳が、子どもらしいとか大人っぽいというような括《くく》りには収まらない、不思議なインパクトを感じさせる。動物的であり、宇宙人的であり、梨津子のような素人《しろうと》の目でもっても、この子はどこか違うと思わせられる大物感をかもし出していた。

聖奈は表現力こそ希和のような滑《なめ》らかさに欠けていたものの、躍動感にあふれる演技で華やかなジャズナンバーである「シング・シング・シング」を滑り切ってみせた。大技のトリプルートリプルは見せなかったが、ジャンプの完成度は高く、加点が付いていた。

小織は連続三回転に挑み、決まったようには見えたのだが、採点ではセカンドジャンプで回転不足の判定だった。全体的に硬さがあったようで、聖奈とは五点近く離されての二位となった。ただそれは、まだフリーで逆転できる位置だとも言えた。

「ちゃんと集中して、落ち着いて滑りなさいよ。お母さんもしっかり応援してるから」

翌日も朝の公式練習に間に合うよう小織を会場まで送り届けると、梨津子の仕事は客席で見守るだけとなった。

客席に設けられた選手の家族用のシャペロン席には、前日同様、前田樹里の母・篤子《あつこ》や石黒桜《さくら》の母・早苗《さなえ》らが夫や義父母と思《おぼ》しき家族らと一緒に固まっていた。追って、竹山麻美《あさみ》の母・芙由美《ふゆみ》や水沼芳枝、平松和歌子《わかこ》も姿を見せた。

公式練習が始まる前、水沼芳枝が関係者からもらってきたという各選手のフリープログラムの構成表を一枚もらった。

小織のプログラム構成には、一番目に「4T」、つまり四回転トウループが出ている。その文字を見て、梨津子は緊張感が高まる思いを抱《いだ》いた。「2」や「3」の数字が手堅く並ぶ中で一人だけ「4」の数字を掲げているのは異様ですらあった。

果たして、本当に跳べるのだろうか……。

そんなことを不安げに考えていると、小織の公式練習が始まった。

小織は試合で使う藤色のコスチュームにジャンパーを羽織《はお》って現れた。髪はマンションを出る前に、梨津子が団子にまとめてやった。化粧も小織がもたもたしているので、梨津子が手を貸してやった。タイツは足がすらりとして見えるオーバーブーツタイプのものだ。

竹山麻美や大塚聖奈ら同じグループで滑るほかの五人の選手と一緒にリンクに入った小織は、氷の感触を確かめるようにインサイドエッジ、アウトサイドエッジを使い分けながらゆっくりとスケートを滑らせていく。軽くダブルジャンプを二度ほど跳んで、ジャンパーを脱ぎ、美濤先生にそれを預けると、本格的に練習を始めた。

まず跳んだのはダブルアクセルだった。小織が持っている級の一級下の課題となっているダブルアクセルは、トリプルジャンプほどの難度はないはずだが、前に向かって跳ぶ怖さのあるこのジャンプを、小織は意外に苦手としていて、練習でもときどきシングルアクセルでごまかしてしまう。しかし、今は確実に跳んだ。

続いてフリップ－トウのトリプルーダブル。これも難なく決め、梨津子はふうと息をついた。

それから小織は美濤先生の指示を聞き、ゆっくりリンクを回り、振り付けの確認などをしてから、再びスピードを上げた。

四回転トウループ。跳んだ。

「おおっ！」

小織が何とか降りた瞬間、梨津子の周りで小さな歓声が上がった。

「小織ちゃん、調子よさそうね」竹山芙由美がそんな声を梨津子にかけてくれた。

ちゃんと降りたとしても、四回転と認定されるかどうかはジャッジ次第と美濤先生は言っていたが、転ばずに降りてくれるのはやはり嬉しいものだ。練習を見学しているジャッジや連盟の関係者らにもいいアピールになったかもしれない。

その後、各選手の曲をかけながらの練習に入り、小織も一通り身体を動かして練習を終えた。四回転は計三回跳んでみせたが、最初以外は転倒した。練習でもめったに降りられないジャンプだから、一度成功しただけでもよしと思わなければならないだろう。


シニアの公式練習も終わり、整氷作業が済むと、試合が始まった。

第一グループ、第二グループに美濤門下生の姿はなく、梨津子たちは比較的静かに試合の行方《ゆくえ》を見守るスタートとなった。

第三グループで石黒桜が登場すると、水沼芳枝が声を張り上げた。

「桜ちゃん、ファイト！」

客入りもまばらな中、その声は会場に響き渡った。

「桜ちゃん、がんば！」

梨津子も口に手を立てて声援を送った。そうすることで自分自身の緊張感を吹き飛ばしたかった。

中学三年生の石黒桜は、美濤門下生の中ではもっとも上背《うわぜい》があり、タイプとしては大塚聖奈に近い、見映えのいい滑りをする。三回転のコンビネーションなどはまだ練習途上で、技術的には小織に一日《いちじつ》の長《ちょう》があると梨津子は見ているが、決まるときは鮮《あざ》やかなので、侮《あなど》れない選手である。

その石黒桜は、演技の冒頭、単独ジャンプのトリプルループから入り、これをきっちり成功させた。梨津子たちの間で拍手が湧《わ》き起こった。

しかし、次の大技、サルコウートウの連続三回転が抜け、トリプルーシングルに終わってしまった。とたん、梨津子の周囲では詰まったような息遣いが洩《も》れた。

そのほかにもジャンプで細かいミスが続き、スピンやステップも日頃のスピードがないように感じられたが、何とかまとめて三分半の演技を終わらせた。

「硬くなってたなぁ」

石黒早苗がわずかに無念さをにじませた苦笑いを浮かべて言う。

「最初、成功して、いい感じだったんだけどねえ」水沼芳枝が気遣うように言った。

それでも合計得点は、現在のところトップの百二十一点台が出た。

同じグループでは前田樹里も出た。先シーズンには全日本のノービスで表彰台に上がり、国際大会にも派遣された好選手である。今シーズンから美濤門下に入ったらしく、母・篤子も梨津子たちが門をたたいた頃には、まだグループの雰囲気に馴《な》染《じ》めていなかったそうだが、その当時はまったくそんなふうには見えなかった。母親ともどもも急速に鍛《きた》えられ、それらしくなっていったのは梨津子と小織に限ったことではなかったのだ。

前田樹里は同門の選手の中では一番華奢《きゃしゃ》な身体で軽快なナンバー「A列車で行こう」を滑り始めた。冒頭の連続三回転こそファーストジャンプの着氷が乱れ、崩れてしまったが、続くトリプルーダブルのループートウはしっかり決めた。単独ジャンプもステップアウトという、着氷した足ではこらえ切れずにもう一方の足を踏み出してしまうミスが見られたものの、転倒するような大きな失敗はなかった。二年前の小織は、こんなふうには滑れなかった。

樹里の点数は百二十三点台が出てトップに立った。リンクサイドで美濤先生と一緒に点数を確認した樹里も、双眼鏡《そうがんきょう》を通して見ると、満足げな笑《え》みを浮かべているのが分かった。

最終グループの出番がやってきた。

六分間練習で同グループの選手たちと一緒に、小織がリンクに入ってきた。双眼鏡で顔色を確認してみる。やはり心なしか表情に強張《こわば》りがあるように見える。美濤先生のほうがいつもより柔らかい顔をしているのはさすがというべきか。

小織は美濤先生にジャンパーを渡すと、公式練習のときと同じく氷の感触を確かめるように滑り始め、まずアクセルジャンプを跳んだ。しかし、それがうまく決まらず、いきなり尻餅《しりもち》をついてしまったので、梨津子はにわかにそわそわとしてきた。

「小織！　落ち着いて！」

そう声を飛ばすと、水沼芳枝から、「大丈夫。まだ練習だから」となだめるような声をかけられた。

しかし、見ていても明らかに硬くなっているのが分かる。ジャンプを省《はぶ》いて、踏み切りのタイミングの確認で時間をやりすごしたりしている。

一度美濤先生のもとに行き、アドバイスを受けた小織は、小さくうなずいてからまた練習を再開した。今度はジャンプに挑んだ。トリプルトウ。四回転が抜けたわけではなく、最初から三回転として跳んだようなジャンプだった。

もしかしたら四回転を回避するのだろうか……そんな可能性が梨津子の頭をかすめる。足を痛めたとか何かのアクシデントがあったようには見えないが、あまりに硬くなっている小織の様子に、美濤先生が大技を避けて手堅くいく選択をしたとしても不思議ではない。

結局、六分間練習では、小織は一度も四回転に挑まなかった。

最終グループの第二滑走者の演技が終わり、順位は依然として前田樹里がトップを守っていた。

そして、とうとう小織の番が回ってきた。前の選手の得点が出ると、リンクに入って足慣らしをしていた小織は、リンクサイドに寄って、美濤先生の言葉を聞き、それにうなずいた。

「二十一番、本山女学院《もとやまじょがくいん》高校、藤里小織さん」

アナウンスに名前を告げられ、拍手の中、小織がリンク中央にゆっくりと滑っていき、演技開始のポーズを取った。

小織が出る大会は新横浜時代も欠かさず観戦してきたが、こんなに緊張して見守ることはなかった。言ってみれば以前は、学芸会に出る我が子の成長具合を、目を細めて見ているのと何も変わらなかった。結果など大して重要ではなかったのだ。しかし、名古屋に来て、そんな気持ちもすっかり変わっていた。これは勝負なのだ。自分も小織と一緒にがんばってきた。その成果が試されている。

「風と共に去りぬ」より「タラのテーマ」。

小織が滑り始める。繊細な手の振り付けからスケートを伸びやかに滑らせていき、リンクを大きく使いながら回りこんでいく。

フォアからバックにスイッチし、そのままトウループジャンプのタイミングを計る。

そしてトウを突き、大きく跳んだ。

腕を畳《たた》んで小織が回る。

四回転だ。

くしゃっとした不格好な着氷になり、スケートの流れが止まった。明らかな両足着氷だ。しかし、バランスは崩しても転倒はしなかった。

梨津子の周りで歓声と拍手が湧いた。

成功とは言いがたいが、ほっとしたのも事実だった。

続くジャンプはコンビネーションのフリップートウ。連続三回転としても跳べるのだが、大技が続くのはさすがに負担が大きいので、最初の予定からトリプルーダブルにレベルを下げている。小織はこのコンビネーションをしっかり決めた。

ほかのジャンプも、最後のダブルアクセルがシングルに抜けてしまった以外は、大きなミスもなかった。

途中、ステップで珍しく足を引っかけたが、キャメルスピン、ドーナツスピンなども観客の拍手を呼ぶ出来映えだった。何より、ひいき目に見なくても、小織の演技が前田樹里ら現在のトップと比べて全然見劣りしていないことが、梨津子の心に力をもたらした。

「よかったんじゃない⁉」

「よかったわよ！」

演技が終わると周囲から口々に言われ、梨津子はいっそう気持ちが浮き足立った。

小織と美濤先生がリンクサイドで得点結果を待つ。

しばらくして得点が出た。

ショートとの合計、百三十五点台。

前田樹里を大きく引き離してトップに立った。

「すごいじゃない！」

水沼芳枝に肩をたたかれ、双眼鏡を構えようにもなかなかリンクサイドを捉《とら》えられない。ようやく目に入ってきた小織は満足げな笑顔を見せていた。小織を送り出すときには柔らかい顔をしていた美濤先生は、反対に無表情へと戻っていて、小さくうなずいたのが見えただけだった。

「それにしても、よく四回転に挑んだわよね」水沼芳枝が興奮した口ぶりで言う。

「六分間練習見てたら、やらないのかなって思ったけど」

「私もそう思っちゃった」梨津子は笑った。「あれで跳ばせる美濤先生がすごいのよね」

「美濤先生は頑固《がんこ》だもんねえ」

小織の奮闘の余韻《よいん》が収まらないうちに、次の選手の演技が終わり、小織のトップが動かないまま、残るは竹山麻美と大塚聖奈の二人となった。

竹山麻美は平松希和と一緒に尾張大のリンクでも鍛えているだけあって、豊富なスタミナで激しいステップをこなすことができる選手だ。若干《じゃっかん》身体が硬いのか、優雅さには欠ける気がするが、振り付けの一つ一つに感情をこめようとする表現力の部分では、日々の練習の中でも努力を重ねている姿をよく目にしてきた。

その麻美は連続三回転を回避したのか抜けたのか、冒頭でトリプルサルコウーダブルトウのコンビネーションを跳び、それを決めてきた。そのほかダブルアクセルーダブルトウやトリプルループーダブルループなどのコンビネーションをシャープに回ってみせた。ロシア民謡「黒い瞳《ひとみ》」の曲に乗ったステップも熱を帯びていた。

「わあ、ノーミス！」

終わったとたん、客席に拍手が湧いた。麻美自身も手応《てごた》えを感じたのか、頬《ほお》を覆《おお》って喜びを表している。

美濤先生と一緒に麻美がリンクサイドで待つ中、得点が出る。

百三十二点台。

かろうじて小織がトップを守っている。

ノーミスの演技からして、麻美が小織を抜くのではとも思ったが、周りの拍手の反応も、これが妥当な結果と受け止めているようだった。ショートのアドバンテージもあったが、小織の演技がそれくらいよかったのだと、梨津子は改めて気づいた。

そして最終滑走者、大塚聖奈の番になった。

聖奈は白いスケート靴をタイツで覆わずにそのまま出している。新横浜ではちらほらと目にしたが、名古屋のジュニア選手としては珍しい。異彩を放っているようにさえ見える。

梨津子の美的感覚からすれば、スケート靴のような白いハーフブーツは主張が強すぎて、試合で着るようなボリュームのないミニスカートのコスチュームとはなかなか合いにくいものだ。タイツで靴を覆ったほうが素足の延長として見え、演技もそれだけ繊細に感じられるような気もして、小織には新横浜時代からオーバーブーツタイプのタイツを穿《は》かせていた。

しかし、聖奈のように手足がすらりと伸びていると、白いスケート靴を出していてもバランスがよく、野暮《やぼ》ったさもない。堂々とした見映えがある。

実際、滑りも堂々としているのだ。

曲は「マイ・フェア・レディ」より「踊り明かそう」。

音楽がかかると、長い足がよく伸び、スケートはあっという間にスピードに乗った。

最初のジャンプ――トリプルルッツ。着氷してすぐに跳《は》ねる。トリプルループ。

見事なコンビネーションだ。着氷もきれいに流れた。高い加点が付きそうなジャンプだ。

続いて単独ジャンプのフリップやサルコウを決めた。ルッツ以外のジャンプも巧《たく》みだ。

軽快な音楽に合わせたステップは勢いに乗りすぎて多少雑な感はあったが、観客の手拍子が後押ししていた。

途中、コンビネーションジャンプのセカンドが跳べず、おやと思ったものの、次の単独ジャンプに抜けたジャンプをしっかりくっつけてきたのにはうならされた。最後のスピン——回転速度はそれほどでもないが、形はきれいだ。柔軟性も小織にまったく引けを取っていない。

演技が終わったとたん、大塚聖奈は満面の笑みを浮かべた。一回、二回と小さくジャンプしたあと、観客の拍手に応《こた》えた。急に彼女が中学二年生であることを思い出させられた。

辛《から》い見方をあえてするなら、演技そのものはまだまだお手本を真似《まね》ているだけのような感情表現の薄さが否《いな》めない気はする。そのあたり、演技構成を評価するプログラムコンポーネンツがどう出るのか。しかし、そういう見方を捨てて考えると、今日のこれまでの選手の中で一番完成度が高かったように思えた。リンクサイドで採点を待つ大塚聖奈はまだ笑顔だ。隣の岩中諒子先生も目を細めてそんな彼女を見ている。

そして得点が出た。

百五十二点台。

小織の得点を十七点以上上回ってきた。

聖奈は飛び上がるようにして喜び、諒子先生と抱き合っている。

「うわあ」水沼芳枝が拍手しながら、少し呆《あき》れたように言った。「末恐ろしい子ね」

試合が終わったあと、帰り際に小織から採点表を見せてもらったが、小織の四回転はやはり回転不足の上、両足着氷などの乱れで、技の出来映えに対するGOEでマイナス点が付けられていた。しかし、演技構成を見るプログラムコンポーネンツは、大塚聖奈もそれほど高い点ではなく、ルッツという武器を最大限に生かしたのが彼女の強さだと言えた。

岩中諒子先生の秘蔵っ子と早くから噂を聞いていたため、聖奈の活躍に衝撃的な驚きはなかった。しかし、過去を振り返ってみて、関東、あるいは東日本のノービス時代という枠《わく》ながら、小織が二学年も下の選手にこれほどの差を付けられて敗れたという記憶はなく、梨津子は小織の二位という結果にも、悔《くや》しい思いしか残らなかった。

「左肩が下がってるのを、急にそこから突っこむように上げちゃうから、軸が傾いちゃうのよ。左右水平にして、そのまま跳び上がりなさい」

中部ブロック大会に続いて西日本大会も乗り越え、シーズンも佳境《かきょう》に入ってきた。

練習を見守る梨津子の声にも力が入る。美濤先生が愛知県連盟の渡会《わたらい》先生の相手をしている横で、梨津子は練習中の小織を呼び寄せ、美濤先生がよく口にしているアドバイスを真似しながら、小織を叱咤《しった》した。

大会シーズンに入ってから、練習を見に来る連盟関係者、あるいはマスコミの姿が多くなった。そのほとんどが今年からグランプリシリーズに参戦し、全日本選手権でも優勝候補の一角を担《にな》うと目《もく》されるようになった平松希和の仕上がり具合を確かめに来たと思われるが、一緒に練習している希和と同い年の無名の選手が四回転ジャンプに本気で取り組んでいるというのが彼らの好奇心に引っかかるらしく、その視線が小織にも向けられることがあるのを、梨津子も意識している。中には希和と一緒に、小織への取材を申しこんできた記者もいた。

連盟関係者が視察に来たときは、練習といえどもいいジャンプを跳んでアピールしておくことが大切だというのは、美濤先生の態度から、何となく分かってきた。連盟関係者が姿を見せると、それまでステップの練習をしていた小織に、四回転の練習を始めさせたりする。

そういうことの積み重ねで、藤里小織という名前を憶えてもらい、滑りの特徴を知ってもらうことが、連盟や世間に有望選手の一人として引き立ててもらうためには重要なのだ。

だから梨津子としても、連盟関係者が見ている前で、何とか四回転を成功させてやりたいと思いながら、小織の尻をたたいているわけだ。

小織がリンクの奥、ほかの選手たちが引いてぽっかりと空いたスペースで思い切りよく四回転を跳んだ。きれいには決まらなかったが、転倒はしていない。

もっときれいに決まるときもあるし、どちらにしろ、跳ぶならもっと近くで跳べばいいのにと梨津子は思ったが、渡会先生は目ざとく見ていたらしく、「おぉ、何とか跳んだねえ」と愉快そうに言った。

「いやあ、野辺山《のべやま》なんかで何となく名前くらいは知ってたけど、そんなに印象は残ってなかったなぁ。こんな楽しみな選手になってるとはね。希和もいい刺激になってるだろうし、やっぱり上村《うえむら》先生はうまいねえ」

彼は美濤先生の手腕《しゅわん》を持ち上げ、それから続けた。

「今度の全日本ジュニアは深夜だけど、フリーの地上波中継が決まってるらしいからね。今年のジュニアは大塚聖奈がいるし、大阪の岸愛子《きしあいこ》、新横の小松早紀《こまつさき》、東《ひがし》伏見《ふしみ》の長谷川莉子《はせがわりこ》、あと、ここの藤里や前田なんかも含めて、三―三を決められそうなのが七、八人はいるから本当に面白いよね」

そばでそんな話を聞いていた梨津子は、平静ではいられない気分になった。

大事な大会だ。

テレビ中継もそうだが、全日本ジュニアの成績によってシニアの全日本選手権に出場できるかどうかが決まる。その年の連盟の方針にもよるものの、目安としては五位以内ならまず堅いだろうとされている。

西日本大会は四回転に失敗した上、細かいミスが多く、表彰台からは転げ落ちてしまった。ただ、それでも四位にとどまったのは、ノービスの頃とは違い、確実に地力がついてきている証拠だとも言えた。西日本大会で大塚聖奈とともに表彰台に上がった大阪の岸愛子や倉敷《くらしき》の山田秋絵《やまだあきえ》らとは、実力的にはどっこいどっこいだろう。いい演技をしたほうが勝つ。

東日本勢の小松早紀や長谷川莉子はノービスの頃から抜けていて、小織は当時まったく歯が立たなかった。長谷川莉子は小織と同い年だが、試合で大きなミスをしたところを見たことがない。小松早紀は一学年上。同じ新横浜のリンクで練習をしていたので、梨津子も早紀の母・陽子《ようこ》とは何度かお茶を飲んだことがある。陽子はいたってマイペースで、娘のことにのめりこんでいる様子は見られなかったが、早紀は新横浜のエースコーチである山下先生のもとで勝手に伸びていった。小織からすれば、身近な中での憧《あこが》れのスケーターという存在だったのではないだろうか。

さすが全日本ジュニアともなると強豪ぞろいだが、今回はやってみなければ分からない。そんな楽しみがある。


「はい、お疲れさん」

練習が終わると、美濤先生は母親たちにも軽くねぎらいの言葉をかけ、ベンチに置いたバッグから封筒を取り出した。

「先月の分ですのでよろしく」

そう言って美濤先生はレッスン料の請求書を梨津子らにそれぞれ渡した。

そう言えば、月初めには届いていた康男《やすお》からの養育費が、十一月に入ってからまだ振りこまれていないなと、そんなことに頭がいった。

美濤先生のレッスン料は月ごとの支払いで、どんぶり勘定なのか細かい設定があるのか分からないが、毎月金額は違っている。小織のプライベートレッスンを頼むようになってからは二十万円を超えるようになった。先月分は大会の付き添い料も入ってくるし、当然二十万は超えているだろう。

もちろんそれは梨津子も納得してのことだから不満はまったくないが、クラブで精算しているリンク代も個人で貸し切りを使うようになってから、一気に三十万を超えるようになった。夏合宿でお世話になったバレエの先生の個人レッスンも週一で始めているし、靴を替えたりコスチュームをオーダーしたりする臨時支出があると、もらっている養育費ではまったく追いつかなくなる。

それに、今年は全部込みで三十万だということで、千草《ちぐさ》先生にショートとフリー、そしてエキシビション用の振り付けを作ってもらったが、来年はぜひとも海外の振付師に頼みたいと梨津子は思っている。

希和が今シーズン、ショートとフリーのプログラムをアメリカの有名振付師、アンリ・キャンベル先生に作ってもらっている。それを見ていると、人目を惹《ひ》くトリッキーなステップの入れ方といい、音楽との調和といい、やはり一流の振付師の作品は違うなと思ってしまうのだ。

特に梨津子は、希和のショートプログラムの「ピンクパンサーのテーマ」が気に入っていた。振り付けにストーリーがあり、ジャンプやスピンといった技の要素に負けない華やかさがある。コミカルでコケティッシュな動きも楽しく、ステップワークからは、まさにヒョウのようなしなやかさを引き出してみせたりもする。アイスダンス出身の先生だけに、アイデアは多彩だ。

千草先生の振り付けはよくも悪くもオーソドックスであり、ときにはスピードアップのスケーティングやジャンプの助走が優先され、演技を切ってしまっているようにも見える。小織がこなせるレベルがそこまでと言われれば仕方ないが、今のプログラムだとどれだけ完璧《かんぺき》に演じても、演技構成を見るコンポーネンツは五点台しか取れないだろう。全日本の表彰台に立つような選手は、七点台から八点台を取ってくる。コンポーネンツが平均して一点違うと、ショートでジャンプ一つ分、フリーだとコンビネーションジャンプ一つ分くらいの差が開いてしまう。見逃せない大きさだ。

だから、来年はその部分でもレベルアップして、いいプログラムを演じてほしいのだ。

ただ、問題は費用で、例えばアンリ先生に頼むとすると、ショート用で百万円、フリーやエキシビション用で百五十万円と噂されている。それでも人気振付師ゆえオーダーは各国の選手から押し寄せていて、頼んでも応じてもらえるかどうか分からないというが、とにかく、一流の振り付けを頼めるように、今から予算を立てておかなければならないのだ。

康男は社長業をしている割には細かい約束にずぼらなところがあるから、養育費の振りこみも面倒に考えてずるずる遅れるようになるのも十分考えられることだった。これが当たり前にならないうちに、一度びしっと言っておく必要があると思った。

帰りがけ、ATMに寄ってみたがやはり入金されていなかったので、夜、小織のマッサージをこなしてから、梨津子は自分の寝室に入って康男に電話をかけた。

「今月の養育費を忘れてらっしゃらないかと思って」梨津子は挨拶《あいさつ》もそこそこに、用件を切り出した。

〈ああ、そうだな〉康男はどこか疲れがにじんでいるような声で応えた。〈ちょっと忙しくて、銀行に行ってる暇がなかった。もう少し待ってくれ〉

「約束なんだから、ちゃんとしてもらわないと困ります」

〈今までけっこうな額入れてきてんだから、ちょっと遅れたくらいでわあわあ言うなよ〉

「小織が横浜のとき以上に、スケートに力入れてるから、お金だってかかってるのよ。余裕なんてないわよ」

　梨津子はそう言ってから、報告がてら付け足した。

「今度、全日本ジュニアに出るのよ。それで上位に入ったら、全日本選手権に出られるの。上村美濤先生っていう名古屋の有名な先生に指導してもらってて、四回転ジャンプに挑戦してるのよ。すごいでしょ」

〈そうか、すごいな〉康男は感情がこもっているのか怪しい口調で言ったが、興味はあるようだった。〈その、全日本ジュニアはいつやるんだ?〉

　梨津子は月末に埼玉で開催されることを教えてやった。

「こっそり観に来るのは勝手だけど、小織の前には出てこないでね。動揺させると試合に響くから」

〈分かった……〉

康男は了解したようなことを言い、梨津子はもう一度、養育費の督促《とくそく》をして電話を切った。

これが春先ならば、康男に電話することなど気も進まなかっただろうし、小織の試合を観に来ることを半ば勧めるようなことも絶対言わなかっただろう。けれど今は心境がまったく違っていた。正直なところ、横浜で平和に生活していた頃よりも、今のほうが充実しているのだ。結婚して家庭を持ってからの十七年余り、こんなに一生懸命になって何かに取り組んできたことはなかった。

小織に対しても、以前はなるべくそばにいるように心がけながらも、彼女がやっていることを見ているようで見ていなかった。今は調子の波から気分が乗っているか乗っていないかということまで、手に取るように分かる気がする。それだけ近い距離で娘の成長を見守っていられるというのは、幸せなことだと言っていい。

だから、康男に対する憎しみや拒絶反応というようなものも、自然と薄まっている。彼の行いを許すつもりはないし、愛情が復活することもありえないが、ことさら目を吊《つ》り上げてののしりたくなるような感情はない。そんなことに神経を遣うのは馬鹿馬鹿しいという心境だ。

康男にしても、小織の成長を試合で目にすれば、養育費の支払いにも意義があると感じてくれるだろう……そういう目論見《もくろみ》ももちろんある。距離を置くばかりが得策ではない。

それから一週間ほどして、ようやく梨津子の口座に康男から養育費が振りこまれた。

しかし、金額はいつもの五分の一の十万円だった。

どういうつもりなのだろう……。

康男に問い合わせてみると、〈今ちょっと会社が大変なときなんだ。追って何とか都合つけるから、とりあえずそれで勘弁してくれ〉というような返事だった。

大変なときとは何だろうか。忙しいという意味ではなく、折からの不況で経営的に苦しいということらしいと想像はつくものの、それがどの程度のものなのかは梨津子にも分からなかった。

結局、十一月に振りこまれた養育費はそれだけで、スケートの練習代や全日本ジュニアの遠征費なども日々の生活費と同様、梨津子の蓄えから切り崩して工面《くめん》することになった。

7

「で、その全日本ジュニアはどうだったの？」

「ん……観る？」

小織《さおり》は立ち上がって、押入れのダンボール箱を引っ張り出した。

「観るって？　何があるの？」

「DVD。深夜に中継放送してたのを録《と》ったやつ」

「観たい観たい」千央美《ちおみ》は弾《はず》んだ声を上げてから、思い出したように言った。「てか、テレビないじゃん」

「パソコンでいいでしょ」

「ああ、いいけど……」千央美は少し残念そうに言う。「そんな素敵なコンテンツがあるなら、大きなテレビ買っといてよ」

「これだったかな」小織は言いながら、DVDを一枚取り出した。

「そんな何枚もあるの？」千央美は小織の手もとを覗《のぞ》いて言った。「やだ、全部観たい」

「それは駄目《だめ》」小織は軽い口調でかわした。「自分で観るのも嫌なやつだってあるもん。このときのはまあ、観てもいいかなって感じだから」

「へえ、でもじゃあ、このときはなかなかいい出来だったんだな」千央美はいたずらっぽく言う。「早く観せて」

〈〝名古屋の彗星《すいせい》〟、藤里小織。奇跡の四回転を決めて、スケート界の一等星になるか⁉〉

テレビ放送の録画を再生するパソコンの画面が、高校一年生の小織を映し出した。

「ちょっと、〝名古屋の彗星〟って呼ばれてたんだぁ」千央美がパソコンの画面を見ながら、興奮した声を上げた。

「呼ばれてないよ」小織は手を振った。「テレビが適当に言ってるだけだから」

「すごい。可愛《かわい》い。あどけない。まだ少女だねえ」千央美は小織の反応に構わず、ハイテンションで喋《しゃべ》っている。「今より華奢《きゃしゃ》っていうか、絞《しぼ》れてるっていうか……」

「そりゃあね」

「コスチュームもきれいで、すごい似合ってるじゃん」

「これはお母さんがデザインしたやつ」

「へえ、小織ちゃんのお母さん、センスいいんだね。すごいね」

言われて小織は、そうなのかなと思った。母のセンスがいいとか悪いとか、あまり考えたことがなかった。

小織のフリースケーティングの演技が始まる。前日のショートプログラムは細かいミスはありながらもジャンプの要素は手堅くまとめ、大塚聖奈《せいな》、東伏見《ひがしふしみ》の長谷川莉子《りこ》、新横浜の小松早紀《さき》、倉敷《くらしき》の山田秋絵《あきえ》に次いで五位につけ、この日のフリーでは最終グループに滑りこんでいた。

曲は「風と共に去りぬ」より「タラのテーマ」。前年のショートで希和《きわ》が使っていたので、千草先生に「滑りたい曲ある？」と訊《き》かれてリクエストしたナンバーだ。〔名桜《めいおう》クラブ〕ではよく愛用されていて、毎年誰かしらこれで滑っているという曲でもある。

「ねえ、四回転やるの？」

「うん、最初のジャンプ」

「わあ、楽しみ」

曲に合わせて画面の小織は銀盤を滑り始めている。

〈さあ、この藤里小織の注目すべき点は、何と言っても最初の四回転なんですが……〉

ターンを繰り返しながらジャンプポイントに向かってくる小織は、背筋が伸びていて、画面から見ても、気持ちが集中できているのが分かる。

トウループ。左のつま先で削った小さな氷の欠片《かけら》を巻き上げながら跳ぶ。

軸が安定した、いいジャンプだ。高速回転して、そのまま降りる。

〈四回転いきましたね！〉解説のプロスケーターが感心したような声で言った。

〈四回転、成功！〉実況アナウンサーも高い声を響かせた。

「すごーい！　すごい、すごい！」千央美が身体を弾ませるようにしてはしゃいだ。「本当に跳んじゃった！」

本当はこれでも回転不足でダウングレードされているのだが、あまりの喜びように、小織は言うのをはばかられた。あの当時では練習でもめったにできなかったほどスムーズな着氷だったのは事実である。

〈続いて、コンビネーション。これも決まるか？〉

〈トリプルフリップ、ダブルトウループ。高さのある、いいジャンプです〉

た。


〈決まった！　序盤の大技を立て続けに決めてきました！〉

「すっごい！　ちょっと、天才すぎ！」千央美はそう言って、小織の肩をたたい

単独のトリプルフリップ。これも決まった。

ダブルアクセル。回りすぎてステップアウトしてしまったが、まあご愛嬌《あいきょう》だ。

ドーナツスピンもスピードがある。

「すごいよ、これ！」千央美が大げさなほどに目を丸くして、画面と小織を交互に見やる。「オリンピックで観た希和ちゃんの演技よりすごい！」

それはさすがに言いすぎだなと、小織は苦笑した。希和の演技とは比べるべくもないことは、自分でよく分かっている。

しかし一方で、高校一年生の頃の自分がここまでの滑りをものにしていたというのも、何だか信じられない思いだ。今ぱっと動いたとしても、こんな身のこなしはとてもできない。未熟ではあるかもしれないが、精一杯自分の神経を行き届かせている演技だ。

〈トリプルサルコウ、そしてダブルアクセルのシークエンス。決めてきました！〉

後半のジャンプの山場を抜けて、いよいよ終盤、リンクを右から左に大きく使い

ながら、さまざまなステップワークを振り付けに絡《から》めるストレートラインステップに移った。がんばってはいるが、徐々に筋肉が張って、スピードが鈍ってきているのも分かる。

そしてコンビネーションスピン。ポジションが悪くレベル2しか取れなかったスピンだが、ビールマンで回り始めると、千央美は「わあああ！」と声を上げながら感極まったように拍手を始めた。

決めのポーズとともに三分半の演技が終わり、会場でも拍手が湧《わ》いた。

「すごい！　感動的！」

画面に向かって拍手していた千央美は、今度はそれを隣の小織に向けてきた。本当に感動したのか酔っ払っているのか、彼女の目が潤《うる》んでいて、小織は反応に困った。

滑り終わった画面の小織は、肩で息をしながら、力を出し切ったという満足げな笑《え》みを浮かべている。

リンクサイドの美濤《みなみ》先生も映し出された。拍手をしながら、口もとに笑みを覗かせている。練習のときにはまず見られない表情だ。

会場の拍手に応《こた》えた小織は、リンクサイドで待ち構えていた美濤先生と軽く抱擁《ほうよう》した。気分が高揚しているから自然にやっていたが、こういうときの美濤先生は包みこむような存在感があり、日頃の怖さはまったく消え失《う》せているのだ。

肩を弾ませ息が落ち着かない様子の小織が美濤先生とキスアンドクライに着く一方で、画面では四回転ジャンプのＶＴＲが流された。

〈うーん、回転が足りてるかどうかという問題はありますが、しかし、よく着氷しました〉

解説者がそんな言い方で回転不足の可能性を口にした。

自分で今見ても、やはり回転不足だなと思う。着氷してから回転不足を補うように、エッジが氷をこねている。いわゆる「グリ降り」と言われる形だ。男子が跳ぶ四回転は、着氷したエッジがもっとストレートに抜けていく。

ただ、それ以外の見映《みば》えは悪くないジャンプだった。

そして、採点結果が出た。

ショートと合わせて百五十一点台に乗せた。新横浜の小松早紀を抜いて、この時点でのトップに立った。

柄《がら》にもなくリアクションが大きいな……小織はキスアンドクライで目を丸くして驚き、手で頰《ほお》を覆《おお》って喜びを表現する、若き日の自分の姿を見て、気恥ずかしさと微笑《ほほえ》ましさを同時に抱《いだ》いた。

しかしあのときは、新横浜時代にずっと背中を追うことしかできていなかった小松早紀より上の点が取れたということが、本当に信じられなかったのだ。

〈やはり、四回転は残念ながらダウングレードを取られてますね。惜しいですね〉

解説者が採点の中身に触れた。

「え？　あの四回転、認定されなかったってこと？　あんなにきれいに跳んだのに？」千央美はそう言って、画面に向かって憤《いきどお》ってみせた。

それでも、大阪の岸愛子《あいこ》や倉敷の山田秋絵が小織の得点に及ばず、小織の表彰台が確定すると、千央美の気分もまた盛り上がってきたようだった。

「ねえ、もしかして優勝？　優勝しちゃうの？」

「さあね」小織はふくらんだ期待をあっさりしぼませないようにそう言っておいた。

第五滑走者はショート一位の大塚聖奈だ。

「小織ちゃんはこれ、どこかで観てるの？」

「うん、通路のモニターで観てた」

「どんな気持ちで観てるもんなの？」

「そりゃ、どうなるんだろってドキドキしながらだよ」

「聖奈こけろみたいな？」

「そんなこと思わないよ」小織は笑う。

「何で？　自分の前でこけられたら伝染しちゃうかもしれないけど、自分はもう終わってるんだから、どう祈ったって勝手じゃん」

「でも、そういう気持ちでいたら、いつか自分に跳《は》ね返ってくる気がするし……」

「うーん、そっか……そういうもんなんだぁ」千央美は納得したような、そうでないような、微妙な相槌《あいづち》を打った。

「誰かが言ってたけど、ミスするなって思いながら観てたほうがいいって」

「なるほど、そう思ってたほうが、気持ちが惑わされなくていいのかもね」

そんな話をしているそばから、大塚聖奈のトリプルートリプルがパンクしてしまい、一回転のルッツだけになってしまった。

「あ、ジャンプが抜けた！　ねえ、ねえ！」千央美は画面を指差して嬉《うれ》しそうに言う。「今の、コンビネーションの予定でしょ？　このミスは大きいよ！」

「まあね」

「『まあね』じゃなくて、本当は小織ちゃんもこのとき、モニター観てて『やったあ！』って叫んだでしょ？」

「叫ばないよ」

「てか、これ優勝でしょ。いや、結果は言わなくていいから」

千央美は一人で勝手に興奮し、鼻息荒く画面を凝視《ぎょうし》した。

最初のジャンプの失敗で序盤こそ硬さの見られた聖奈の演技だったが、フリップ、サルコウと単独ジャンプを成功させると、いつもの伸びのある動きが戻ってきた。

中盤のルッツジャンプ。聖奈はこれに冒頭で跳べなかったトリプルループをつけてコンビネーションにしてきた。それが見事に決まり、拍手が起こった。

ダブルアクセルーダブルループーダブルトウループ。三連続ジャンプも見事に決まり、聖奈の顔に白い歯が覗いた。

「う……」千央美が勢いを削《そ》がれたような声を出した。

結局、目立ったミスは最初のジャンプだけに収めた聖奈は、演技を終えると、いたずらっぽい笑みを浮かべて舌を出してみせた。

「うーん……小織ちゃんのほうがよかったのは違いないけど、ショートの点差が四点あるもんねえ」千央美はぶつぶつと独り言のように言う。「どうなんだろ……」

キスアンドクライに座った聖奈がカメラに向かって手を振り、愛想《あいそ》を振りまく。そして、点数が出た。百五十八点台。

「ええっ⁉」千央美がのけ反《ぞ》って叫んだ。「ショートの点差と変わってないじゃん。てか、むしろ開いてるじゃん！」

「こんなもんだよ」

「こんなもんじゃないよ。どう見ても小織ちゃんの演技のほうがよかったじゃん」

得点を確認した聖奈も、こんなものかというように何度かうなずいてみせ、諒《りよう》子《こ》先生と涼しげな笑みを交わし合った。

「この子、モデルみたいで可愛いって思ってたけど、こうやって見ると、自信ありげな感じがけっこう鼻につくわ」千央美はそうとまで言って、不満をあらわにした。

最終滑走者の長谷川莉子がトリプルートリプルを封印しながらもノーミスで滑り切って小織の得点を二点上回ったのを見ると、千央美は「もう、何でよ⁉」と物を投げつけんばかりにしてふて腐《くさ》れてみせた。

結局、小織はこの大会、三位に終わったのだった。

フリーで聖奈とそれほど差のない得点を出し、小松早紀らを抜いて表彰台に上がったこともあって、当時の小織としては大満足だった。中学生の頃には想像もしていなかった成績だった。

母にももう少し喜んでもらえるかと思った。けれど、千央美のように優勝を期待していたのか、よくやったと口にしながらも、表情はそれほど浮かれているようでもなかった。

ただ、それでも次からのハードルだけは上がり、並みの結果では許されなくなっていったのだから、やはりあのときは自分ももっと喜ぶべきだったし、母にも喜んでほしかったなと思う。

パソコン画面には、最後に表彰台に上ってメダルを授与されている小織たちの姿が映し出された。

「でも、やっぱりすごいなぁ」千央美がそれを見ながらぽつりと言った。「すごいことやったよ。私の中じゃ、小織ちゃんの優勝だよ」

千央美は小さく笑って小織を見る。

「そう言われても嬉しくないか」

「ううん、嬉しい」小織は首を振って微笑み返した。

「おめでとう」

「小織ちゃん、よかったわね」

シャペロン席で一緒に観戦していた前田篤子《あつこ》や竹山芙由美《ふゆみ》から祝福の言葉を受け、梨津子《りつこ》は礼を言いつつ、控えめな笑みで応えた。

表彰式まで少し時間がありそうなので、梨津子はお手洗いに立った。

「あら」

通路に向かう途中、後方の席に座っていた女性と目が合い、それが小松早紀の母・陽子《ようこ》であることに気づいて、梨津子は声を上げた。

「お久しぶりです」

「まあ、藤里さん」小松陽子は品のいい笑顔を見せて立ち上がった。「小織ちゃん、よかったですねえ」

「おかげさまで運がよくて」早紀よりいい順位だったのだから、そう言っておくべきだろうと思った。

「最初のあれ、四回転だったでしょう。小織ちゃん、しばらく見ないうちに、すごい選手になったなってびっくりしました」

「名古屋に来てから、美濤先生に鍛《きた》えられて。四回転も、今日のだってちゃんと跳べてるかは怪しいんですけど、とにかく跳べ跳べって跳ばされるんですよ」

「才能を見出《みいだ》されたってことですよ。小織ちゃんがこれだけ活躍してくれると、藤里さんも応援し甲斐があるでしょう」

「横浜のときは先生に預けて、あとは知らん顔してられたんですけど、美濤先生のとこは親にも首を突っこませるんですよ。そのうちこっちも妙にのめりこんじゃって」

「へえ、そうやってがんばると、結果が出るもんなんですねえ。私もちょっとは早紀のお尻《しり》をたたかないといけないかしら。小織ちゃんを見習いなさいって」

「そんな」梨津子は手を振って、陽子の冗談を受け流した。「でも、小織が早紀ちゃんと競い合える日が来るなんて夢のようです」

陽子はにこやかに微笑み、「早紀も刺激になったと思いますよ」と言った。

「じゃあ、また全日本で」

「はい」

小松陽子とお互いの娘へのエールを交換して、梨津子は小織の好成績に花が添えられたような、いい気分になった。

トイレの個室に入って、梨津子は大きく息をついて、それから静かにガッツポーズをした。

がんばれば、こうやって結果が付いてくるのだ。

小織が最初に言っていた、ジュニアで好成績を残してシニアの全日本に出たいという目標は、一年目でクリアできてしまった。

美濤先生が言う通り、目標が小さすぎたのだ。

このままがんばり続ければ、三年後には全日本の表彰台に立って、オリンピックに出るのも、本当に夢ではないのかもしれない。

まだまだ小織は伸びるはずだ。

これから国際試合を経験させれば、もっと度胸《どきょう》もつく。世界ジュニアに出られたら、来シーズンはジュニアグランプリにも派遣されるだろう。結果を出せばそれなりの次の舞台が待っているのだから、気後《きおく》れしている場合ではない。自分がもっと小織の背中を押して、流れに乗せてやらないといけないのだ。

ひとしきり喜びに浸《ひた》って満足してから、梨津子はトイレを出た。すると前の通路に、壁に寄りかかるようにして知った顔の男が立っていて驚いた。康男《やすお》だった。

「来てたの？」

自然と浮かれた気持ちは中に引っこみ、今日一番の低い声が出た。それでも、顔をしかめたくなるほど嫌な気分になったわけではなかった。

康男は梨津子の拒否反応がそれほどでもないのを見て取ると、小さくうなずいてから薄笑いを浮かべた。

「小織、すごかったな。大したもんだ」

梨津子も通路の壁に寄って、彼の隣に立った。一年ぶりに見る元夫は、ずいぶん以前より老《ふ》けて感じられた。食生活が不規則なのか頬が削げてしまっているし、髪も白いものが増え、だらしなく伸びている。どうやらこの様子では再婚もしていないだろうなと思った。

「あの子、ちゃんとがんばってるわよ。名古屋の生活も合ってるみたいだし」

「そりゃよかった」

本音で言っているのかどうか分からない口調で康男は言った。

「それより、お金のほう、ちゃんとしてくれない？　まさかお義母《かあ》さんがまだうるさいこと言ってるんじゃないでしょうね。小織の活躍を見れば、それなりのお金をかけてがんばってることくらい分かるでしょ」

康男は苦《にが》い顔をしてうなずき、それからため息をついて梨津子から視線を逸《そ》らした。

「実はその話もしようと思って来たんだけどな」彼はそう言って、梨津子の顔色を見るようにちらりと目を向けた。「先週とうとう、会社がつぶれちまった」

「え？」

一瞬、たちの悪い嘘《うそ》でもつかれているような気がして、梨津子は話の続きを待った。

しかし、彼は言った言葉を繰り返しただけだった。

「会社がつぶれたんだ。この不景気で住宅市場も冷えこんで、主力の高級ラインがまったく動かなくなった。今年に入ってから自転車操業で何とかやってたけど、とうとう金が回らなくなってゲームセットだ」

「……嘘でしょ？」

そう訊いてはみたが、康男の顔には疲労の色しか浮かんでいなかった。

「じゃあ、どうなるの？」

考えるのが怖く、梨津子は浮かんだ疑問をそのまま康男にぶつけた。

「どうにもならないよ」康男は開き直ったように言う。「もう、金は出せない。ないんだからな」

「『ないんだからな』って……」

「好きでそうなったわけじゃないんだよ」康男は反対に口調を荒《あら》らげた。「俺だって必死に何とかしようって駆けずり回ったたし、小織にいくらかでも渡してやりたいって思ってがんばってきたんだ」

「そんなこと知らないわよ」梨津子も感情的に声を上げた。「出せないって言っても、まったく出せないわけじゃないでしょ？　月いくらなら出せるの？」

康男は分からず屋の相手でもするように、呆《あき》れ顔で首を振った。

「いくらも無理なんだ。五万だろうと三万だろうと、もう出せないんだよ」

そう言われても簡単には引き下がれない。梨津子は頭の中でそろばんを弾《はじ》いてみる。生活費に小織の学費にスケート代……自分の今の貯金では、せいぜい一年しかもたない。

「マンションがあるでしょ。あんな広いところに一人で住んだってしょうがないじゃない」梨津子は鬼になったつもりで言った。「養育費を払うって言うから、慰謝《いしゃ》料《りょう》だって財産分与だって負けてあげたのよ。出せないからって、ああそうですかなんて言えるわけないでしょ」

「最後はあのマンション担保にして金借りてんだ」康男はため息混じりに言った。

「もう差し押さえられてるよ」

何という没落ぶり。別れて一年余りでこんなことになっているとは……まったく信じられない思いだった。

「じゃあ、今はどこで生活してるの？」

「とりあえず、実家に戻ってる」

そういうことか……実家まではさすがに延焼しなかったということだ。そうなる前に気強い正江《まさえ》が息子に引導《いんどう》を渡したのだろう。

彼の実家は古家ながら造りのしっかりした邸宅《ていたく》で、坪数《つぼすう》もあり、庭もゆったりしている。食べるには困らないくらいの財産もあるだろうから、生活にも支障はないはずだ。会社がつぶれても、彼はそういうセイフティネットに引っかかるのだ。

結局、割を食うのは梨津子たちだ。正江は森内家の跡《あと》を継ぐわけでもない小織の養育費など最初から反対していたから、肩代わりする気もないだろう。

「こうなってみると、俺たち別れててよかったかもな。一緒だったら、今頃、首でもくろうかって話になってたかもしれない。俺も一人で死ぬのは馬鹿馬鹿しいから、そうしなくて済むよ」

どうしてこんな男と一緒に死ななきゃいけないのだ……ありえない話を感慨深そうにされても困る。

「俺もこの歳《とし》になって、裸一貫から出直しだよ。まあ、再生計画がうまく進めばいいけど、いざとなったら屋台でも引いて、しぶとく食っていくしかないな」

何を悲劇に酔ったようなことを言っているのだろう……梨津子はもう、呆れ返る気分だった。今ここに屋台があったところで引く気もないくせに。

「とにかく、お義母さんから借りてでも、何とかしてもらわないと困るわ。十万でも二十万でもいいから、ちゃんと責任を果たして」

梨津子はそんな言葉を言い捨てるように彼にぶつけて、試合会場に戻った。小織の表彰式を見届けたが、喜びはもはや半減していた。

名古屋に戻る新幹線の中、頭を占めていたのはやはり、今後のお金のやり繰りのことだった。

康男のあの様子では、いくらこちらがうるさく言ったところで、らちがあかない可能性は高い。送金が一切途切れることも覚悟しておかなければならない。

そうなると、とりあえず小織の大学進学後のことは考えている余裕がない。大学には行かせてやりたいが、まずは高校卒業までをどうするかだ。

もちろん、スケートはこのまま続けさせる。それがすべての前提だ。高校三年まで、あと二年がんばれば、小織は必ず芽が出る。あと二年背中を押して、全日本の表彰台に手が届くくらいになれば、三年後のオリンピックへの道も開けてくる。その夢は今さら捨てたくはない。

自分が働きに出るのは構わないが、小織の練習のケアができなくなっては本末転倒になる。学校に行っている間のパート勤めがせいぜいだとすると、月に十万も稼げないかもしれない。しかし、いざとなったらやるしかないだろう。

生活レベルはどうしても落とさなければならなくなりそうだ。しかし、理屈では分かっていても、いざそうするとなると、抵抗感が出てきそうな気もした。一度上げた生活レベルを落とすのは、自然な気持ちで受け入れられることではない。名古屋に移ってきたときも、横浜時代とそれほど変わっていないと自分に言い聞かせながらも、どこかで惨《みじ》めになっている自分がいた。

おそらく小織は、どうなったとしても、恨《うら》み節《ぶし》を口にするようなことはしないだろう。しかし、確実に何かを感じ取り、それは決して彼女の自信や前向きな気持ちにつながるようなものにはならない。

譲《ゆず》れるところは譲り、譲れないところは譲らないという考えでいくしかない。

車は買い替えてもいいかな……梨津子は思った。

横浜時代は、スケートママ仲間の間で競い合うようにして、ベンツやBMWやアウディなどを駐車場に並べていたが、美濤門下はそういう空気ではない。車はよくも悪くも日常の足という感じだ。美濤先生こそレクサスだが、夫が普通のサラリーマンだという平松和歌子《わかこ》はゴルフだし、夫がコンサルタント会社を経営しているという水沼芳枝《よしえ》もプリウスである。学校前で小織を迎えるときにしても、BMWなど悪目立ちするだけのような気がしていた。

あれを売れば、五百万ほどにはなるだろう。それでプリウスを買えば、来シーズンの振り付け代くらいは捻出《ねんしゅつ》できる。ガソリン代もかからなくなるから一石二鳥だ。

我ながらそれはいい案のように思え、康男と会ってから先々の不安に揺れていた心が、ひとまず落ち着くのを感じた。

ところが、名古屋に帰った梨津子を待ち受けていた人間がいた。

マンションに着くやいなやチャイムが慌《あわただ》しく鳴り、エントランスとつながっている液晶画面に東京のファイナンス会社の社員だと名乗る男の顔が映し出された。

「森内康男さんは元のご主人ですね。うちの森内さんへの融資案件のことでお話がございます」

何だろう……梨津子は部屋に上げるのも気味が悪いので、エントランスのロビーで話を聞くことにした。

エレベーターで下に降りている途中、梨津子はすっかり忘れていたあることに気づいた。

果たして、ロビーのソファで向かい合った男が切り出した話はそのことだった。

「うちの融資の抵当にお宅さまが使ってらっしゃいますお車が入っていますので、これを引き取らせていただきます」

梨津子は呆然《ぼうぜん》として男の話を聞いた。車は確かに康男の名義なのだ。保険の類《たぐい》も康男に払わせればいいと思っていたので、そのままにしていた。そのうちすっかり、自分のものだという気になってしまっていた。

「何とかなりませんか？　車がないと困るんです」

すがるように言ってみたが、男の表情は何も変わらなかった。

「そうおっしゃられても、こちらも困りますが。穏便《おんびん》に引き渡していただけないようでしたら、法的手段を取らせていただきます」

男の口調は丁寧《ていねい》ながら、有無《うむ》を言わせない冷たさがあった。

康男に電話してみたが、ほとんど電話代の無駄だった。「ベンツも持ってかれたよ」と彼は自嘲《じちょう》気味に笑っていた。

車内に置いていた小織のスケート用具と、来シーズンのプログラムのために送り迎えの間、小織に聴かせていたクラシック音楽や映画音楽のCDを持ち出したところで、ＢＭＷは梨津子の前からあっけなく姿を消した。

「何かあったの？」

電車移動での練習と通学が始まった日、夜になって小織が不安をさらけ出すように訊いてきた。

何も聞かせずに済むほど小織も子どもではなくなっている。梨津子は彼女の腰をマッサージしながら、「お父さんの会社がつぶれたんだって」と話してやった。

「え……？」

動揺を表すように小織の身体がみるみる強張《こわば》っていくのが、手のひらを通して分かった。

「大丈夫よ。つぶれたって言っても、何とかやり直せると思うし、まあ、しばらくはぜいたくできないかもしれないけど、景気が戻るまでの我慢よ」

梨津子はそう言ってから、小織が訊かないうちに続けた。

「スケートはこのまま続けるわよ。お母さんね、来年は振り付けをアンリ先生に頼もうかって思ってるの。希和ちゃんのプログラムもアンリ先生が振り付けてるでしょ。一週間くらいアメリカに滞在して振り付けてもらうんだって。小織もジュニアで表彰台に上がったんだし、堂々と頼みに行けると思うわよ」

努めて楽しげに話したものの、小織はすぐには反応を寄越《よこ》さなかった。

「日本にも有名な振り付けの先生、いっぱいいるよ」

少し間を置いてから、彼女はそんなふうに言った。

「そんなこと知ってるわよ。でも、一回頼んでみたいじゃない。小織だって、希和ちゃんの振り付け可愛いって言ってたでしょ」

「アンリ先生は高いって」

「そりゃ一流の人がやる仕事だもん。高いわよ」梨津子はあえて明るく笑い飛ばした。「そんなことは気にしなくていいの。何とかなるわよ」

「借金とかしないでね」小織は心配そうな顔を梨津子に向けて言った。

しっかりしているというか臆病《おくびょう》というか……梨津子は声に出して笑った。

「しないわよ。しようと思ったって、貸してくれるとこなんてないんだから、心配しなくていいの」

そう返すと、ようやく小織の筋肉から強張りが抜けていった。

名古屋での生活は車がないとどうにもならない。百万円で中古のプリウスがないかと探してみたが、それくらいで買えるものは走行距離がすでに七、八万キロを超えていて、これから何年も乗り続けられることを第一条件とすると、選択肢からは外れてしまう。

結局、新しい足は、走行距離の少ない中古のヴィッツに決めた。百万円でも小織のコスチュームが一着作れるくらいのおつりがくる。乗り心地はさすがに前の車と比べるべくもないが、小回りが利き、気兼ねなく乗り回せるという意味では、慣れれば使いやすそうだった。車がなかった間、キャリーバッグを引っ張って電車移動したり、水沼芳枝の車に便乗させてもらったりしていた小織は、新しい車がきて、素直に喜んでいた。

　年末が迫ってきた日曜日の昼、自主練習する小織を、大須《おおす》より空いていそうな日本ガイシアリーナのリンクに送り届けたあと、梨津子は兄の孝輔《こうすけ》に連絡を取った。兄嫁の聡子《さとこ》がいる場では切り出しにくいので、孝輔一人、実家の近くにある喫茶店に来てもらった。

「もう、大変なことになっちゃって」

　梨津子は康男の会社が倒産したことと、養育費が止められてしまったことを、窮状がしっかり伝わるよう、ある意味、少し大げさなくらい困り果てている様子を態度に出しながら、話して聞かせた。

「本当に困ったわ。小織だってまだ高校一年だし……」

「まあ、世の中不景気だでなぁ」孝輔は梨津子にどれだけ同情してくれたか怪しい口調で淡々と言った。「でも、民事再生だとしたら、再生計画が通ってうまくいけば、元通りとは言わんまでも、そのうち何とかなってくだろ」

「そんなこと、どうなるか分かんないわよ」

「大丈夫だ」孝輔は根拠もなく言う。「それに、ほら、母さんの遺産もあるだろ。それで向こうが復活するまでしのいどけばええわ。会社が傾くまではちゃんと振りこんできとったんだから、払う気がないわけじゃないだろ。待つしかない」

「お母さんのお金だって、こっちのマンション買うのにだいぶ使っちゃってるのよ」梨津子は口を尖《とが》らせて言った。「このままじゃ小織のスケート代が出せなくなっちゃうの。どうしよう」

「そんなのやめさせればええだろ」孝輔は切り捨てるように言った。「スケートなんて金持ちの家だけに許される習い事なのに、いつまでさせとるんだ」

「そんな簡単に言わないでよ」梨津子は目を剝《む》いて言い返した。

「苦しい苦しいって言いながら、娘には金のかかるスケートを習わせてますってんじゃ、誰も同情なんかしてくれんぞ。環境が変わったんなら、子どもにも言い聞かせて、我慢させせんと駄目《だめ》だろ」

「何言ってんの？　小織は全日本ジュニアで銅メダルを取ったのよ。今度は全日本選手権に出るのよ。それだけがんばってて、もうちょっとで日本のトップスケーターの仲間入りするかもしれないって子に、そんなこと言える？　親が自分の子の将来をつぶすの？　お兄ちゃん、慶太《けいた》くんたちが同じ立場だったとして、そんな情けないことが言えるの？」

「物には限度ってもんがあるだろ」孝輔は眉《まゆ》をひそめながら言った。「慶太にしろ、行信《ゆきのぶ》にしろ、そんな金のかかるような真似《まね》は、はなからさせとらんわ。前から思っとったけど、金持ち道楽みたいなことで自分や子どもを飾ったりするのは、お前の悪い癖だぞ」

「スケートは金持ち道楽じゃないわよ」梨津子は語調を荒らげた。「そりゃお金はかかるけど、遊びでやってるんじゃないのよ。毎日毎日リンクに通って、何回も何回もジャンプの練習で転んで、痛い思いや悔《くや》しい思いをしながらがんばってきてるの。そうやって身に付けた技で、一回限りの本番に臨《のぞ》むのよ。遊びたい盛りの女の子が練習に明け暮れて、青春をそれに捧《ささ》げてるのよ。お金持ちの子どもだからできることなんかじゃない。それだけの才能があるからやってることなの。だから私も、それに自分の人生を懸けようって気になってるのよ」

「まあ、そりゃそうかもしれんけど……」孝輔は困ったように頭をかいた。

「ねえ、お兄ちゃん、ずうずうしいのは承知でお願いするんだけど」梨津子は前置きして続けた。「お母さんの遺産の私の取り分、考え直してくれない？」

「何だよ、今さら」

一周忌も終わってから、そんな話を蒸し返されても困るというのは当然の反応だった。

「分かってる。それでいいって了解しといて、あとになってこんなこと言うのはずるいっていうのは百も承知よ。それに、お兄ちゃんや聡子さんがお母さんのことをよく見てくれたのも感謝してるし、外に出た私が遺産のことをとやかく言う資格がないってことも重々分かってる。困ってなかったら、こんな話は持ち出さないわよ。

でも、お母さんの家や土地もそのままお兄ちゃんがもらったんだし、その分、お金をもうちょっと考え直してくれないかなって思うの」

「そんなこと、今になって言うなよ」

「千五百万」梨津子は言った。「あと千五百万あったら、とりあえず小織に高校卒業までスケートやらせて、進学の目鼻もつけてやれると思うの」

「たわけか、千五百万て……」孝輔は口をあんぐりと開けて、梨津子を哀《かな》しげに見た。「聡子だって呆れ返るだけだ。こんな話聞かせられるか」

「じゃあ、いくらなら大丈夫なの？」

「知らん」孝輔は首を振って、迷惑そうに顔をしかめた。「うちだって行信が受験だし、そんな余裕ある暮らしをしとるわけじゃないんだ」

「聡子さんに相談してみて。すごく困ってる様子だったって言ってみて」

厚かましい自覚はあったが、こうやって甘えたことを言えるのは実の兄の孝輔だけだ。少しでも助けになってくれることを信じて、梨津子はお願いしておいた。

数日後、孝輔から電話がかかってきた。聡子と相談し、養育費が途切れて困っていることについては多少なりとも助けたい気持ちがあるということで、百万円振りこんでおくと彼は言った。ただ、もう生活している家も違うのだし、今後また同じように言われても困るという言葉も、念押しするように付け加えてきた。

「ありがとう、お兄ちゃん。本当に恩に着るわ」

梨津子はそう礼を言って電話を切り、一つため息をついた。とりあえずゼロ回答でなかったことに安堵《あんど》する気持ちがある一方、もっとほかの金策を考えなくてはいずれ行き詰まるという焦りもそれ以上に強かった。

小織が学校に行っている合間を縫って、梨津子はマンションを買った不動産屋に連絡を取り、今マンションを売ったらどうなるかという相談を持ちかけてみた。

不動産屋の話によると、この一年足らずの間にも住宅不況は進行していて、三千五百万円で買ったマンションが同価格で売れる保証はまったくなく、多少の値下げは必要になるかもしれないということだった。

それを頭に入れ、試しに千八百万円前後の中古マンションを二つほど案内してもらった。築十五年、広さで六十五平米《へいべい》ほど。間取り図で見るスペックからはそれほど悪くないようにも思えたが、実際に内覧してみると、今のマンションとのグレードの差は明らかだった。特別閑静でも便利でもないところで賃貸マンションの群れに溶けこんでしまっている箱型の建物で、エントランスにはソファを置くようなロビーもない。駐車場も青空機械式だ。

部屋を見ても、キッチンや風呂場などが一回り狭い上に質感も今一つで、頭では仕方ないと分かっていても、気持ち的に、ここに住んでも楽しくないだろうなという思いが拭《ぬぐ》えず、ついついげんなりした気分になってしまった。

たまプラーザの百四十平米の億ションは、ある意味一戸建て以上の高級感と快適さが提供されていて、そこに住むことの誇りを自然と持つことができた。今の八十五平米のマンションも、こぢんまりとはしてしまったものの、高層階で見晴らしはよく、キッチンにもそれなりの上質感があって、プライドは保たれていた。

しかし、今度のこのレベルまで来ると、一戸建てが買えない世帯が住む場所以上のものではなくなってくる。集合団地と大して違いはない。

世の中の多くはこれくらいの住環境で満足しているのに、何をぜいたくなことを考えているんだろうとは思う。

ぜいたくに慣れすぎてしまったのだろうか。

上京して独り暮らしをしていた学生の頃は、十八平米のバストイレが一緒になったワンルームマンションで普通に満足していた。

それでも歳を重ねれば、求めるものも変わってくる。若さを失う代わりに上質な生活を手に入れるのは、ごくごく自然な人生の流れだと思っていた。バブルが崩壊したあとでさえ大きな変化なくこられたのだから、それは死ぬまで続くことと思いこんでいた。

しかし、それは違っていた。

どこかでこの現実を受け入れなければならない。

もう、生活レベルを落としたら負けだなどという考え方では続かないのだ。

小織のスケートに懸けるのなら、ほかは捨てるつもりでいかないと。

「とりあえず、うちのマンションは売りに出してもらえますか」

腹を決めて、不動産屋にはそう頼んだ。

もう全日本選手権が間近にきているのに、こんなことばかりに気を取られていてはいけない。

8

「何それ⁉　小織《さおり》ちゃんのお父さん、つくづくやってくれるねえ」

飲むものがなくなって買い出しに来たコンビニの中で、千央美《ちおみ》は買い物かごに缶チューハイを適当に放りこみながら、眉《まゆ》を落としてみせた。

「まあねえ」小織もそう言ってみるものの、今となっては笑うしかないような出来事だった。「お母さんに駐車場に呼ばれて、車の荷物やCDを受け取ってたら、男の人がそのままBMに乗って行っちゃったんだもん。車検に出したのかなって思ったけど、お母さんの顔が暗くて、これはよくないことが起こってるぞって気づいたの」

「それでお金も止められたんだ？」

「そうみたい。スケートってやっぱりお金がかかるから、お母さんも相当困ったと思う」

「でも、スケートやめようかって話にはならなかったの？」

「うん、逆に来年は振り付けをアメリカのアンリ先生に頼もうとか、お金がかかるようなことを言い出すの」

「うわあ、お母さんも意地っ張りだねえ」千央美は眉間《みけん》に皺《しわ》を寄せながら笑った。

「意地っ張りなのかなぁ」小織はそう言われて、そうかもしれないと思った。「BMの代わりに中古のヴィッツ買ってさぁ、それに乗ったときも、『ああ、けっこう乗りやすいじゃない』なんて、いつも以上に明るく振る舞うの」

「意地っ張りだぁ」

つまみもいくつか足し、レジで精算してコンビニを出る。「もう、今夜はとことんだよ」と千央美は半ば本気らしいことを言った。課題のレポートを一緒にやろうという話はすでにどこかにいってしまっていたが、こんなに興味深そうに聞き入ってくれる相手に自分の話をするのも初めてで、酔いも手伝い、語り続けたい気分ではあった。

「全日本が終わって、年が明けてから、ちょっと安いマンションに引っ越したんだけど、そんときだって、『キッチンも意外と使いやすいわね』とか完全に明るく作ってた」

「ははは、娘に作ってるとか思われてるってことは、お母さんも相当無理してたんだね」

「その頃はけっこう、無理にテンション上げてることが多かったかも……『あなたは天才なんだから』とか言い出すんだよ」

「えっ？」

「全日本ジュニアで私が一応四回転降りて表彰台に上がったのがそれなりに注目されたらしくてさぁ、名古屋のスポーツ新聞に記事が載ったの。聖奈《せいな》ちゃんの優勝の陰に隠れてちっちゃな記事だったんだけど、『名コーチに発掘された無名の選手が衝撃的な四回転デビューを飾った』みたいなことが書いてあってね、そこに美濤《みなみ》先生のコメントも出てたの。それがさぁ、『まだまだ発展途上ではあるけれど、希和《きわ》と同じ天才の雰囲気を持っている』とか、本当に美濤先生がそんなこと言ったのっていうことが書いてあって」

「すごいじゃん！」

「うーん、たとえ本当にそう言ったにしろ、どう考えてもマスコミ向けのリップサービスだったと思うんだけど、お母さんがもう舞い上がっちゃってさぁ」

「ははは、そりゃ舞い上がるよ」

「『あなたは天才なんだから、もっとできるはず』とか、『天才なんだから、自分を信じなさい』とか、そんなことを人前でも言うのよ」

「ははは、台詞《せりふ》だけ聞くと、相当の親馬鹿だよね」

「まあ、半分は私の気持ちを鼓舞《こぶ》させようと思って言ってたみたいだけど、お母さんがそれ言ってるときに、希和ちゃんがちらっとこっちを見てきたことがあって、そんときは本当に恥ずかしかったなぁ」

「あとでからかわれた？」

「それはなかったけど」

「じゃあ、『私と同じこと言われてる』くらいに思って見てただけなんじゃないの」

「うーん、そうかなぁ」小織は苦笑する。「まあ、希和ちゃんは本当に天才だからいいけど」

　自分が「天才」などと言われたのは、その頃だけだった……小織は思い出してくすぐったい気になる。

　前向きな言葉で小織を煽《あお》り立てようとしていたのも、母自身の不安の裏返しだったのではないだろうか。今振り返ると、そう考えるのが正解であるように思える。

暮れも押し迫る中、いよいよ小織にとってはシーズン最大の試合と言ってもいい全日本選手権がやってきた。

もちろんこれでシーズンが終わるわけでなく、年が明ければインターハイや国体、各種地方大会などがあり、全日本選手権の成績いかんによっては世界ジュニア選手権などに出場する可能性も出てくるわけだが、花形となると、この全日本選手権が群を抜いた存在感を持つ。日本においてはオリンピックや世界選手権に次ぐ注目度を誇る大会と言ってもいい。

もはやフィギュアスケート大国となった日本は、今年も世界選手権、世界ジュニア選手権ともに三つの出場枠を得ていて、この大会ではその出場枠をめぐって、シニアとジュニアのトップスケーターがしのぎを削る。全日本チャンピオンという称号も、彼ら彼女らの勲章となる。

東京の代々木で開かれたこの大会、梨津子《りつこ》は女子初日のショートプログラムでその熱気を存分に浴びた。満員の観客から放たれる拍手と声援。シニアのトップスケーターたちの演技にはスタンディングオベーションとともに花やぬいぐるみがリンクに降り注ぎ、キスアンドクライの前にはカメラマンの人垣ができる。小織の演技にも大きな拍手といくつかの花が舞った。

出場三十選手がショートプログラムに挑《いど》み、上位二十四選手が翌日のフリースケーティングに進める。

その厳しい争いの中、小織はショートプログラムで、初めのトリプルートリプルこそ詰まった着氷でGOEにマイナスが付いてしまったものの、ステップからのトリプルフリップ、ダブルアクセルと、ほかの規定のジャンプはミスなくクリアし、十位という好位置につけた。

ジュニアでの飛躍は、目標としていたこの大舞台でも通用するものだったことが実証された。小織だけでなく、飛ぶ鳥を落とす勢いのジュニア選手たちは、シニアの選手たちに臆《おく》することなく生き生きとした身のこなしでジャンプを決めていき、大塚聖奈がフリーの最終滑走グループに入る六位に滑りこんだのを皮切りに、東伏見の長谷川莉子《りこ》が八位、新横浜の小松早紀《さき》が十一位、倉敷の山田秋絵《あきえ》が十四位につけるという健闘ぶりだった。

美濤門下では、平松希和が後ろに白いリボンが付いたピンクの艶《つや》やかなコスチュームで初々《ういうい》しいピンクパンサーを演じ、観客の喝采《かっさい》を浴びて、前年の全日本女王・中谷真由子《なかたにまゆこ》に迫る二位の位置につけた。また、この大会がラストとなる水沼芹奈《せりな》は、コンビネーションジャンプが抜けてしまいひやりとさせたものの、ぎりぎりの二十四位に踏みとどまって、フリーへの進出をかろうじて果たした。

ホテルに戻って小織の身体をマッサージしてやると、大観衆の中での演技がよほどの緊張を呼んでいたのか、筋肉がいつになく硬く張っていた。

「やっぱりすごいなぁ、シニアの全日本は……」

小織は梨津子の指圧に身を任せながら、そんな言葉を吐息《といき》のように洩《も》らした。

「全日本くらいでびびっててどうするの」梨津子は強気に言ってやった。「オリンピックを目指すんなら、一つのステップでしかないのよ」

小織は本気に取らず、鼻から抜けるような軽い笑いで応《こた》えた。

「ちゃんと真面目に考えなさい。お母さんは何も無茶なこと言ってるんじゃないわよ。できると思うから言ってるの。今シーズンはまず、世界ジュニアに行く。来シーズンは全日本で最終グループに入る。二年後は全日本で表彰台に上がる。そうやって着実にステップアップしていけば、三年後にはオリンピックを狙《ねら》う選手として周りからもちゃんと見てもらえるのよ」

「そんなにうまくいかないよ」

「一つ一つクリアしてくのよ。希和ちゃんなんて、お母さんに、『オリンピックに連れてってあげる』ってもう約束してるのよ。小織だって約束してくれてもいいんじゃない？」

「それは希和ちゃんだから」

「そうやって、希和ちゃんは特別なんていうふうに思わないの。向こうはけっこう小織のこと意識してるわよ。一緒に練習してて分かんない？」

「そりゃ、見られてるって思うときはあるけど……」

「早咲きか遅咲きかの違いだけで、二、三年後には十分追いつけると思わなきゃ。向こうはライバルだと見てくれてるんだから、それに応えるような結果を出していかないと、笑われちゃうわよ」

「うん……」

大会の過剰な緊張を解きほぐしながらも前向きな気持ちは保てるように話をしてやっているうちに、小織の筋肉もいい具合にほぐれてきたようだった。

翌日は昼前から滑走グループごとの公式練習が行われ、小織も果敢《かかん》に四回転ジャンプの調整に励んでいた。最終グループの公式練習が終わるとリンクは整氷に入り、同時に一般観客の入場が始まった。

梨津子はシャペロン席で水沼夫妻や平松夫妻らと並んで座った。緊張と高揚感がない交ぜとなっていて、膝《ひざ》かけがあって寒いはずはないのに、足は小刻《こきざ》みに震えているような有様だった。

「みなさん、こんにちは」

梨津子たちに笑顔を向けながら挨拶《あいさつ》して一つ前の席に着いたのは大塚聖奈の父母だった。平松和歌子《わかこ》とは何度か顔を合わせて挨拶を交わす間柄だったらしく、昨日のショートプログラムの前に、梨津子にも紹介されたのだった。聖奈の母・奈美恵《なみえ》は四十に来年手が届くという歳らしく、梨津子から見ても世代が少し違うような若々しさがある。

クラブは違うが、同じ名古屋勢ということで、梨津子たちにも親近感を抱《いだ》いているようだった。大塚聖奈は小織の目の上のたんこぶでもあり、何となく無意識のうちに敵意のようなものを持っていたが、実際にその母親を前にすると、向こうにはさらさらそんな気はないようで、こちらとしてもそんな気持ちは隠しておかなくてはいけない気がしてくる。

「希和ちゃん、今日は楽しみですね。調子はよさそうですか？」

「ええ、まあ……」

優勝を願っていると言わんばかりの大塚奈美恵の言葉に、平松和歌子は戸惑い気味の返事で応じていた。平松和歌子は見栄《みえ》っ張りなところも厚かましいところもなく、人間的には悪くないのだが、愛想《あいそ》も取り立てていいわけではない。というより、人と打ち解けるのに時間がかかるタイプで、梨津子とちょくちょく言葉を交わすようになったのも最近になってからだ。話してみると、なかなかしっかりしていて頭のいい人間だという印象は持てる。若く見えるが、歳は今年で五十に届いたという水沼芳枝《よしえ》と一つ違うだけだ。

試合時間が近づくにつれ、客席がどんどん埋まっていき、昨日の熱気がよみがえってきた。視線を巡《めぐ》らすと後方に座っていた小松陽子《ようこ》と視線が合い、お互いに会《え》釈《しゃく》を交わした。小織と小松早紀はショートの十位と十一位で、世界ジュニアの出場枠を争う関係でもあるだけに、視線のぶつかり合いにもほかのお母さんたちとは違ってかすかに冷えたものが感じられなくもなかった。

アイスダンスのフリー演技がまず行われ、客席では早くも手拍子が鳴り響き、リンクには花が投げこまれる盛り上がりが生まれた。

そして間もなく、女子のフリースケーティングの試合が始まった。

第一滑走グループには、前日のショートでぎりぎり二十四人の中に滑りこんだ水沼芹奈が入っている。大学卒業を控え、この大会がラストとなる。水沼芳枝は早くも祈るように両手を前に組んで芹奈の六分間練習を見守っていた。

芹奈は六分間練習であまりジャンプを跳ばなかった。足の状態があまりよくないらしい。大会前も、芳枝に教えてもらった整体に小織を連れていくと、必ず水沼親子の姿があった。ほかに鍼《はり》治療にも頻繁に通っているようだった。

しかし、その闘いも今日限りだ。必ずや完全燃焼する姿を見せてくれるに違いない。

そして、芹奈の順番がやってきた。

「芹奈ちゃん、がんば！」

芳枝の代わりに、梨津子が声援を飛ばした。演技前の静寂の中で、声はよく通った。

「ＳＡＹＵＲＩ」の曲に乗って、芹奈が滑り始める。足の不調でスケートの伸びは抑えられているが、凛《りん》とした姿勢、感情のこもった手の振りには、上位にも負けない風格のようなものが漂っている。

最初のトリプルーダブル。ファーストジャンプが崩れてセカンドジャンプが付けられなかった。続く三回転フリップ。これも失敗し、転倒してしまった。

しかし芹奈はすぐに立ち上がると、気持ちを切り替えるように氷を蹴《け》ってスピードを上げ、大きな振り付けを見せながらバックスケーティングで氷上を滑走していく。

いくつかの細かいターンを見せて、そのままサルコウ。右足を大きく振り回して、きれいな三回転ジャンプを決めてみせた。観衆から拍手が湧《わ》き、梨津子も力いっぱい手をたたいた。

フライングシットスピンやキャメルスピンなどのスピン技を華麗《かれい》にまとめると、芹奈も乗ってきた。中盤ではダブルアクセルを決め、サルコウートウの連続ジャンプも流れるように決まった。

ステップシークエンスでは芹奈の背中を押すような手拍子が起こった。この演技を自分のスケート人生の集大成にしたいという気持ちが、懸命なステップから伝わってくる。

最後のスピン。キャメル、シットと変化したあと足替えし、だんだんと軸の細い高速スピンに変わっていく。

曲が終わり、芹奈がポーズを決めた。彼女の十五年のスケート人生が幕を閉じた。

一生懸命な演技は、観ていて本当に気持ちがよかった。日頃から小織にこまめに声をかけて気遣ってくれる優しさへの感謝とともに、梨津子は心からの拍手を彼女に送った。

キスアンドクライに美濤先生と一緒に座った芹奈は、ティッシュで目もとを押さえている。どうやら泣いているようだった。梨津子の横では水沼芳枝も演技終盤から盛んに洟《はな》をすする音を立てていたので、梨津子はそちらに顔を向けられなくなっていた。

得点が出て、拍手が湧く。キスアンドクライでは美濤先生が健闘を称《たた》えるように、芹奈の肩に手を回している。

その様子を眺《なが》めていると、不意に水沼芳枝が腰をずらして椅子《いす》の前にひざまずくようにして屈《かが》みこみ、ハンカチで口を押さえながら梨津子と平松和歌子に頭を下げた。

「ありがとうございました。みなさんのおかげで、ここまでやってこれました。本当にみなさんのおかげで、芹奈も私も今までがんばれました」

涙に濡《ぬ》れた芳枝の目を見て、あっと思った瞬間、梨津子ももらい泣きしていた。一緒に涙をぼろぼろと流しながら、芳枝の手を握った。

本当に一生懸命、自分の娘を支えてきた人だった。大学生ともなれば子どもの自立心に任せて距離を置く親がほとんどなのに、芳枝はどの親より熱心に我が子を支え続けた。芹奈がどれだけ真面目で前向きな子だろうと、芳枝の支えがなかったら、ここまではがんばれなかっただろう。

芹奈には新しい人生がある。若さに満ちて人間としても明るく、未来は開けている。一方で、芳枝は自分の人生で一番脂《あぶら》が乗って動ける大事な時期を、我が子を支えるために捧《ささ》げた。完全燃焼したのは母親のほうだろう。本当に見事な献身ぶりだった。

梨津子が美濤門下に溶けこめたのも、芳枝の存在があったからこそだった。うるさい人だと煙《けむ》たがられることも厭《いと》わず、梨津子の甘く怠惰《たいだ》な根性をたたき直してくれた。自分たちは子どものために何ができるのか、教えを受けるということに対してどういう態度で臨《のぞ》むべきなのか、彼女は真正面から梨津子にぶつかってそれを教え、力強く門下の一員に引きこんでくれた。

「私のほうこそ水沼さんのおかげで……水沼さんは本当に立派でした」

梨津子は涙を流しながら、ようやくそれだけを言った。平松和歌子ももらい泣きしていて、洟をすすりながら芳枝と手を取り合い、ねぎらいの言葉をかけていた。

自分もどこまでできるか分からないが、芳枝のように完全燃焼できるまで小織を支えてやらなければ……梨津子は芳枝の姿を前にして、そんな気持ちを改めて胸に抱いた。

第一、第二滑走グループが終わり、小織が入っている第三滑走グループの演技が始まる前になると、中継用のカメラがスタンバイし、リンクサイドに並ぶカメラマンも一気に増えた。

そんな中で、第三滑走グループの六分間練習が始まり、小織はほかの選手とともにリンクに飛び出してきた。

色とりどりのコスチュームが銀盤に散っていく。東伏見の長谷川莉子もいる。新横浜の小松早紀もいる。このグループはジュニアから上がってきたフレッシュな顔ぶれが集まっている。中継の対象としても、なかなか楽しみなグループではないだろうか。その中に小織がいるということは、少しばかり誇らしい気持ちがあった。

ぜひともいい演技をして、全国のスケートファンに名前を売ってほしいものだ。

小織は足慣らしにリンクをぐるりと回ると、最初に、サルコウ－アクセルのシークエンスジャンプを跳んでみせた。小さな頃から内股《うちまた》気味で、スケートを何年も続けているうちにようやくそれが気にならないくらいに直った小織は、その昔の癖が影響しているのかどうか分からないが、サルコウやフリップなど内側エッジを使って跳ぶジャンプは割と得意にしている。またアクセルも、単独で跳ぶと抜けたりすることがよくあるが、シークエンスで跳ぶときは余計なことを考える暇がないのがいいらしく、成功率が高い。

その次に振りを付けながらフリップを跳び、少し間を置いてほかの選手たちとの距離を取ったところで、フリップ－トウのトリプル－ダブルを跳んでみせた。場内から拍手が湧いた。

「調子よさそうね！」

涙が乾き、あとはもう観戦を楽しむだけになった水沼芳枝が拍手しながら言う。

それから小織は美濤先生のもとに行き、水を口にしながら先生の指示にうなずいたかと思うと、また練習を再開した。

四回転を跳びそうだ……梨津子は予感した。試合の六分間練習での小織のリズムはいつもこんな感じだ。何回かトリプルジャンプやコンビネーションを試したあと、美濤先生のもとに行って、「クワドいきなさい」と背中を押してもらうのだ。いつもなら成功を願うのだが、今日ばかりは大事な本番を前に、怪我《けが》につながるような転倒だけはしないでくれという思いが強かった。

小織は進行方向を確認しながら助走に入ると、スピードに乗ったままトウを突いて跳んだ。身体の軸がいい角度を保ったまま激しい回転をこなし、直後、右足一本で見事降り切ってみせた。

その瞬間、場内から、わっという歓声とともに、大きな拍手が湧き上がった。ほかの選手が何かをしたわけでもない。小織の四回転ジャンプに向けられた反応であるのは間違いなかった。

梨津子は鳥肌が立つ思いで、その光景の中にいた。感激とも驚きともつかない未体験の感覚だった。これだけの大観衆に小織は注目されている。大きな拍手喝采を向けられて、初めて気づいたような気分だった。

今日こそが小織のデビューなのだ……梨津子はそう思った。

9

「でも、決まったのはそのときだけ」小織《さおり》はコンビニで買ってきたポッキーをかじりながら、ごまかすように笑った。「本番は派手に転んじゃった」

「何だぁ」身を乗り出して聞いていた千央美《ちおみ》は、一転、猫背になってがっかりしたような顔をした。「本番で決めなきゃ意味ないじゃん」

「うん」小織は缶チューハイの缶を見つめながらうなずく。「でも、六分間練習のお客さんの反応を目の当《ま》たりにしたら、急に緊張してきちゃってさぁ、足が震えて止まらなくなっちゃったんだもん。先生に『足が震えてます』って言ったら、『本番になったら止まるから』って」

「震えは止まったの？」

「滑り始めたら確かめようがないし、演技に集中してて分かんないよ」

「美濤《みなみ》先生もそういう意味で言ったのか……適当だな」千央美はそう言って笑う。

「でもやっぱり、身体が動かなかったなぁ……シニアのフリーは四分間でめちゃ長く感じたし」

「ボロボロだった？」

「ん……でも、あの状態ではよくまとめたほうだったかな。順位は十二位に下がっちゃったけど」

「美濤先生は何て？」

「先生は試合のときはあんまり厳しいことは言わないよ。練習で決められただけでもよしとしようって感じだったかな」

「まあ、練習だけでもお客さんから拍手をもらって、こういう有望選手がいるっていうアピールにはなっただろうからね」

「うん、美濤先生もそう言いたかったんだと思う」小織は言った。

「でも、そういうお客さんの反応を知っちゃったら、次こそは成功させたいって、がんばりたくなるんじゃない？」

「うん、正直それは思った」小織はそう言ってから、軽く吐息《といき》を挿《はさ》んだ。「でも、四回転はあの全日本でひとまず封印することになったんだよね」

「えっ、何で？　もったいない」

千央美は目を丸くして言った。

冒頭の四回転ジャンプに転倒してしまった小織は、勢いに乗り損ねた焦りから、次のフリップートウを跳び急ぎ、ダブルーダブルという冴《さ》えないコンビネーションに落としてしまった。ジュニアより三十秒長い演技時間はスパイラルなどの体力を使わない技で稼いでいるとはいえ、大舞台での緊張の演技は小織の体力を容赦《ようしゃ》なく奪ってしまったらしく、終盤のストレートラインステップでは、目に見えて身体が動かなくなっていった。最後のビールマンスピンでは足がなかなか上がらず、形を決めてから二回転しか回れなかった。

会場に投げこまれた小さなクマのぬいぐるみを抱いてキスアンドクライに座った小織は、肩で息をしながら、何も考えられないというような放心した顔をしていた。前日のショートと合わせて百三十九点台という得点が出ても、表情は変わらなかった。

小織の次に滑った小松早紀《さき》が、冒頭のトリプルートリプルを決めるなど果敢な演技で小織の順位を抜いた。ジュニア勢ではほかに、長谷川莉子《りこ》と大塚聖奈《せいな》がそれぞれの持ち味を発揮し、総合順位で八位と六位に食いこんだ。

どうやら小織は、世界ジュニアの出場権をすんでのところで逃してしまったようだった。これが小織の精一杯の実力とは思いたくないが、たらればを言ったらきりがない。現実は厳しかった。

全日本選手権という大きな大会においては、大塚聖奈でさえも、やっとお披露目《ひろめ》を果たした程度の脇役にすぎなかった。この日の最大の山場は全日本女王の中谷真《ま》由子《ゆこ》とトリプルアクセルを武器に女王の牙城《がじょう》を崩さんとする次代のエース・平松希和《きわ》の一騎打ちにあった。

二十三歳の中谷真由子は、今シーズンあまり成功率が上がっていないトリプルートリプルを封印し、円熟味を感じさせる演技力を前面に出したプログラムで、ほぼノーミスの滑りを見せた。得点はそれまでのトップを十点以上引き離し、百九十二点台をつけた。

対する平松希和はトリプルアクセルにトリプルートリプルと、飛び道具をぽんぽん繰り出し、挑戦者らしい、実に爽《さわ》やかな演技を見せてくれた。途中、フリップが二回転になるなどの取りこぼしはあったが、演技のあとのスタンディングオベーシヨンなど、場内の盛り上がりは中谷真由子を上回っていた。

希和のトリプルアクセルの回転が足りているか、ＧＯＥはどう付けられるか……優勝争いはそのあたりに懸かっているようだった。

場内が固唾《かたず》を呑《の》んで見守る中、希和の点数が出た。フリーの得点は希和が上回っていた。しかし、ショートとの合計では中谷真由子と同じ百九十二点台。コンマの点差では、中谷真由子が辛《から》くも女王の座を死守していた。場内には悲喜《ひき》こもごものどよめきが漂《ただよ》い、しばらくは異様な余韻《よいん》があたりに残った。

「惜しかったわね」

「本当に残念。でも希和ちゃん、よくやったわ」

周りから声をかけられ、平松和歌子《わかこ》は恐縮するように応じていたが、そういうやり取りのあとにつく小さな吐息や、ぼんやりと遠くを見るような表情を見せるあたり、さすがの無念さが垣間見《かいまみ》えるようだった。

しかし、希和の滑りは世界選手権への期待につながる素晴らしいものだったし、もう遠くない将来に希和の時代が来ることを予感させるものであった。

美濤先生のグループで一緒に練習しているときは、小織も希和に迫るところまで来ているのではというような気になることもあった。スピンやスパイラルといった技の一つ一つではほとんど見劣りしないように思える。ジャンプでは希和に安定感で譲《ゆず》るにしても、型にはまったときの小織も、バネを生かした、いいジャンプを跳ぶ。

けれど、実際に同じ試合に臨《のぞ》んでみると、二人の差はまだまだ容易に縮められるレベルのものではなかった。五十点以上に開いた点差が厳しい現実を表している。今のところはそれを謙虚に受け止めるしかないだろう。小織の演技はステップも振り付けも、点数を取る要素がまだまだ少ない。この先、一年二年でどこまで追いつけるのか分からないが、彼女に迫るところまでいかなければ、日本のトップグループにも入れないのだから、小織はやるしかない。

「大塚さん、お疲れ」

授賞式が始まるのを待っていると、梨津子《りつこ》の前に座っている大塚奈美恵《なみえ》に、後ろから声がかかった。

「あ、先生、お疲れ様です！」

大塚奈美恵は振り向きざま、笑顔で立ち上がり、声の主を迎えた。梨津子が見上げたそこには、岩中諒子《りようこ》先生が立っていた。黒のダウンコートを着て、首にはエルメスのマフラーを引っかけている。髪はシルバーだが、短髪に刈っており、颯爽《さつそう》として見える。

「もうちょっと点が付いてもいいかなって思ったけど、まあ今年はこんなもんね」諒子先生は朗らかな口調で大塚奈美恵に話しかける。「でも、あとで発表あると思うけど、世界ジュニアは、まあ間違いないから」

「またよろしくお願いします」大塚奈美恵が愛想《あいそ》よく頭を下げる。

ちらりと周囲に視線を移した諒子先生が、梨津子の隣に目を留《と》めた。

「平松さん、今日は惜しかったわねえ」

諒子先生に声をかけられた和歌子は、控えめな笑《え》みを浮かべて応《こた》えた。「もっとがんばれってことだと思います」

諒子先生は一つうなずくと、大塚奈美恵の隣に腰を下ろしながら、身体を後ろにひねって話を続けた。

「来シーズンはチームができるって話をちらっと聞いたけど、計画は進んでるの？」

「ええ……今、いろいろ動いてもらってますけど、はっきりしたことは世界選手権が終わってからになると思います」

「エリックのところでやるの？」

と……」

「河村《かわむら》先生からは勧められてますけど、美濤先生のこともありますし、まだちょっ
　エリックというのは、希和のエキシビションのプログラムを振り付けしているエリック・バレンタイン先生のことだろう。振り付けに定評があるが、コーチとしても世界チャンピオンを育てている。河村先生というのは、クラブにもよく視察に来る日本スケート連盟の強化担当だ。ノービス時代から希和に目をかけていて、その付き合いは美濤先生より長いとも聞く。

　エリック先生はカナダで活動している。彼のもとで練習をするということは、カナダを拠点にするということだ。和歌子はあまり自分たちの話をしないだけに、梨津子もそういう計画が進んでいるとは知らず、少し驚いた。

「まあ、一回海外に出てみるのもいいんじゃない？　大学生になってからでもいいけど、希和さんの場合はもう、ジャンプも安定してきてるしね。今シーズン伸びたわよねえ。アクセルがあんなに安定して決まるようになってるとは思わなかったわ。でも、これから先も同じように伸びるとは限らないからね。そこをどううまく、新しい環境を用意してやって、次の化学反応を起こしてやるかってことよ」

「河村先生からも、現状に満足した時点で進歩は止まっちゃうからって言われまし

た」

「河村さんは、聖奈の練習見ながらでも、希和さんの話をする人だから」諒子先生は笑いながら言い、和歌子の膝《ひざ》をたたく真似《まね》をした。「おかげで関係ない私まで気になっちゃって……そうやって方々《ほうぼう》から期待されるうちが華よ」

美濤先生とはまた違って、気さくな先生だなと思いながら一緒に笑って見ていると、諒子先生がちらりと視線を向けてきたので、梨津子は軽く会釈《えしゃく》した。

「あ、藤里小織ちゃんのお母さんです」和歌子が諒子先生に梨津子を紹介した。

「あら」諒子先生は少し大げさなくらいに目を見開いてみせた。

「藤里です」梨津子は首をすくめるように頭を下げた。

「まあ、やっと会えたわねえ。運命のいたずらがあれば、今頃小織さんは私のところでやってたかもしれないから」

諒子先生はそう言って、からからと笑った。和歌子も奈美恵も、小織が美濤門下に入るまでの紆余曲折《うよきょくせつ》を知っているとは思えないが、諒子先生の明るい口ぶりに釣《つ》られるように笑っている。

「でも、そうだ、前から思ってたから、この際言っとくけど、あんなクワドなんかやらせてちゃ駄目《だめ》よ」

「え……？」

何の冗談かと思ったが、諒子先生の顔つきは極めて真面目なものになっていた。

「あんな無茶なこと、いつまでもやらせてたら、そのうちつぶれちゃうから」

今日の派手な転倒を見てのことだろうか。しかし、前から思っていたと彼女は言った。

「第一、あれにこだわったところで、完成しっこないんだから。この前のジュニアのときのがせいぜいでしょ。軸が立ってるから何とか降りられてるだけで、あんなグリンコのジャンプ、認定されるにはほど遠いわよ」

「はあ……」

「もっとほかにがんばらなきゃいけないこと、いくらでもあるでしょう。ルッツはプログラムに入れてないけど、ちゃんと跳べるの？　苦手なジャンプをそのままにしとくと、この先苦しいわよ。演技の質も上げてかなきゃいけないし、クワドがたまに降りれるからって惑《まど》わされてたら、伸びるものも伸びなくなっちゃうわよ」

今が成長途上だというのは百も承知だが、進もうとしている方向性に可能性がないと言い切られたのはショックだった。その言葉が美濤先生と双璧《そうへき》をなす名コーチの口から出てきたということが、何より重かった。

「どうせ美濤さんがけしかけたんだろうけど、何でもかんでもはいはいって従ってたらいいってもんでもないわよ。希和さんのお母さんがいるところで言う話じゃないけど、あの人は希和さんの刺激になるようなライバルを練習環境の中に作りたいだけなんだから。そりゃ希和さんみたいな才能の子と出会うのは、教えるほうとしてもめったにないわけだし、美濤さんがいろいろ考えるのも分かるわよ。でも、お母さんのほうが、そんな育てられ方して、おとなしくしてたら駄目。あわよくば大化けするかもなんて考え方は、ギャンブルでしかないの。このまま続けて故障する可能性と、どっちが高いか、考えたら分かるでしょ」

梨津子は頭が混乱したまま諒子先生の話を聞いていた。この先生は美濤先生を嫌っているのだろうか。だからこんな言い方をするのだろうか。しかし、それだけでは片づけられない、どこか核心を突いているのではないかという思いも拭《ぬぐ》えない。

諒子先生は口もとに笑みを戻して続けた。

「こんなこと、私が美濤さんに言ったところで、聞きゃしないんだから、お母さんに言っとくの。いいのよ、諒子先生がそう言ってたけど、どうなんですかって訊《き》いてみれば。知ってるかもしれないけど、あの人は昔、私のところでアシスタントやってたんだからね。まあ、あの当時からふんぞり返ってて、どっちがアシスタントか分かんないって感じだったけど」

諒子先生がおどけるように言い、大塚奈美恵がおかしそうに笑った。

「お茶飲むときも私が気を遣っていれてあげてたくらいで、あの人はそれが当然みたいな顔して飲んでるんだから、本当、面白い人。でも、そういう人が大物になるのよね。もう貫禄《かんろく》じゃ勝てないから、口で勝つしかないわ。馬耳東風《ばじとうふう》だから、勝負にならないけど……ははは、さあ、お邪魔しました」

諒子先生はシャペロン席を賑《にぎ》やかすだけ賑やかすと、風のように立ち去っていった。

「諒子先生は相変わらずお元気ねえ」水沼芳枝《よしえ》が取り繕《つくろ》うような笑みを浮かべて言った。

「根が正直っていうか、思ったことをそのまま言っちゃう人ですからね」大塚奈美恵が愉快そうに言う。

平松和歌子は希和を話の引き合いに出されて、少なからず気まずい思いがあったのか、困惑気味の愛想笑いを薄く作っていた。

年末から年越しがあっという間にすぎていき、小織はインターハイや国体、あるいは中部日本選手権や愛知県選手権などの地方試合に向け、元日一日休んだだけの練習生活が続いた。

一方で梨津子は不動産会社と連絡を取りながら、マンションの買い替えのほうにも頭を悩ませなければならなかった。

結局、今のマンションは三千二百万円ほどで買い手がついた。一年住んだだけで三百万円ほど値落ちしたことになり、家賃に換算してもまったく割に合わないが、買い手がいる間に売っておかないと、この先どうなるか分からないという不安のほうが大きかった。

移る先は、同じ千種《ちくさ》区内ながら都心からは少し遠ざかった築十六年のマンションがまああの見てくれだったので、そこに決めた。駅から遠かったりリビングが北西向きだったりという難点はあるが、小織も梨津子も電車はあまり使わないし、一日中家にいるわけでもない。そう割り切って決心した。

引っ越しは日曜日の昼間、練習の合間を縫《ぬ》って敢行した。新しいマンションには五畳半と八畳のベッドルームがあり、小織の部屋は前のマンションより広い八畳の部屋にしてやった。リビングもキッチンも一回り狭くなってしまったが、気持ちまで貧しくならないよう、家にいるときはクラシックや映画音楽などを流しておくことにした。

二月のある日、大須《おおす》のリンクで貸し切り練習が始まる前の一般滑走時間に自主練習している小織に付き添っていると、竹山麻美《あさみ》と母親の芙由美《ふゆみ》が姿を見せた。

普段麻美は、クラブの貸し切り練習以外は尾張《おわり》大学のリンクで練習しているので、こんな時間に珍しいなと思ったが、今日は芙由美が美濤先生の弁当当番であったことを思い出し、そのためだろうかと勝手に納得しながら挨拶《あいさつ》を交わした。

その芙由美は、しばらく麻美の滑る様子を眺《なが》めていたが、やがてタイミングを見るようにして、梨津子に話しかけてきた。

「小織ちゃんて、ノービスのときは新横浜でやってたのよね？　藤里さん、山下先生とは面識あるの？」

「うーん、顔を合わせれば挨拶するくらいで、小織を教えてもらったわけでもないし、向こうは私のことなんか知らないと思うけど」

そう答えると、芙由美は思案顔《しあんがお》になった。

「どうしたの？」梨津子は訊いてみる。

「うん、どっかに山下先生へのつてがないかなと思って」

　意味が摑《つか》めず梨津子が首をかしげていると、芙由美は続けた。

「四月から麻美、東京の大学に行くから」

「えっ？」

　尾張大学の付属高校に通っている麻美が東京の大学に行こうとしているとは、まったく知らなかった。

「関政《かんせい》大に決まったのよ」

「そうなの？　まあ……尾張大に進むものとばかり思ってたから」

「もちろん、最初はそのつもりだったんだけどね……」竹山芙由美は浮かない話をするように声をひそめた。「麻美がもうスケートやめたいなんて言い出すし……」

　明るい話ではないと分かり、梨津子も眉《まゆ》をひそめた。

「まあ、あの子の気持ちも分からないでもないの。尾張だと、練習するにも希和ちゃんと一緒でしょう。一緒って言ったら聞こえはいいけど、要は引き立て役みたいなものよ。年上なのに何もかも敵《かな》わなくて、出来の悪いお姉ちゃんみたいな立場で周りから見られて、精神的にも参っちゃうのよ。美濤先生はさすがにあからさまな差なんかつけないけど、麻美のペースでの練習なんてさせてくれないし。希和ちゃんがトリプルアクセルの特訓を始めたときも、先生、最初は麻美にもやらせようとしたのよ。でも、麻美はまったく付いていけなくて、いい踏み台にされただけで終わっちゃったじゃない。それでもう、やめたいやめたいって、今シーズンは全然力が入ってなくて……」

先シーズンは全日本選手権まで進んだ麻美も、今シーズンはジュニアの大会であと一歩手が届かず、出場権を逃していた。

「私もこんなんじゃ仕方ないかって思って、とりあえず外の大学を受けさせることにしたの。それで関政大の推薦《すいせん》が決まったから、スケートもいよいよ今シーズンいっぱいかなって思ったんだけど、最近になって、やっぱり向こうに行ってからも続けたいって言い出すのよ」

芙由美はそう言い、困ったような表情のまま笑ってみせた。

「そうなの……全然知らなかったわ」

「希和ちゃんと離れることになって、また伸び伸びがんばれる気になったのかもしれないけど……」芙由美は言う。

「まあ、麻美ちゃんにそういう気が残ってるだけでもよかったのかもね」

「どっちにしろ、大学に上がったら、水沼さんのところみたいに付きっ切りでってわけにもいかないだろうから、新横浜でもどこでも勝手にやってくれていいんだけどね」

「小織が教えてもらってた坂本寛子《ひろこ》先生から山下先生に話を持ってってもらおうか？」

「うん、そうしてもらえるとありがたいわ」

芙由美はほっとしたのか、ぼんやりした口調で返事をし、リンクサイドの手すりに頬杖《ほおづえ》をついた。

「小織ちゃんは大丈夫？」

「え……？」

「だいぶがんばらせてるみたいだし、見てると美濤先生も、以前の麻美みたいに、小織ちゃんを希和ちゃんの競争相手にしたがってるのかなって思うのよね。そういうのに耐えられればいいけど、意外と一人で溜《た》めこんじゃってどうにもならなくなったりするのよ。高校生くらいの年頃って本当に難しいわ。芹奈《せりな》ちゃんくらいになると、ちょっとくらい無理させても、勝手にうまいこと息抜きできるんだろうけど、高校生くらいの子はそういうことも下手《へた》だから、こっちが気づかないうちに追いこまれちゃってて、『お母さんは何にも分かってくれてない』なんて、突然爆発しちゃうんだから」

「そうね……あんまり不満があっても口にしない子だから、もしかしたら溜めこんでるのかもしれないけど……」梨津子は小織が一般滑走者に混じって黙々とステップの練習をしている姿を眺めながら言う。「でもまあ、小織にとっての希和ちゃんって、まだまだ憧《あこが》れの相手って感じだし、私から見たら、もっとライバル心燃やしてほしいくらいだから」

梨津子の言葉に芙由美は小さく笑ったが、その笑みはすぐに消えた。

「そうだったら心配ないかもしれないけど、それはそれで、春からは難しくなるかもね」

「どうして？」

「〈チーム希和〉の話、知らない？」

「ちらっとは聞いてるけど」

「来シーズンはカナダを練習拠点にするらしいわよ。スポンサーも集まってるし、スポーツマネジメント会社と契約して、トレーナーや栄養士なんかも専属で付くんですって」

「エリック先生がコーチに付くって本当？」

「まだ本決まりではないけど、そうなるみたいよ。ネックは美濤先生との兼ね合いだけど、そのへんも向こうからは理解が得られてるらしくて、たぶん話はまとまると思う」

「兼ね合いって、美濤先生の指導も続くってこと？」

フィギュアスケートの世界では、複数のコーチが指導に付くことも珍しくはない。師弟関係とはいえ、契約の世界という割り切った考え方も求められる。

「希和ちゃんの信頼が厚いからね。美濤先生と離れるのが不安みたい。振り付け全般をエリック先生が見て、ジャンプを美濤先生が見るってやり方かもね」芙由美が答える。「それでびっくりするのが、どうやら、美濤先生がカナダに付いてく形になりそうだってことなのよ」

「え？　付いてくってどういうこと？」梨津子はさすがに驚いた。「こっちはどうなるの？」

「分かんない。どれくらいの割合でカナダにいるのかってことにもよるけど、少なくともオフシーズンの半分以上は向こうに行っちゃうだろうから、こっちはアシスタントでも付けるんじゃないかな」

「そんな……」梨津子は思わず呟《つぶや》いた。

「エリック先生並みの報酬《ほうしゅう》を美濤先生にも出すって話なんだもん。シーズン千五百万だって。向こうにも出すから、美濤先生にもそれくらい出して、その代わりカナダまで付いてきてもらうってことよ。美濤先生もそんな条件だったら、心置きなく行っちゃえるじゃない。スポンサーが集まってるからできることで、さすがに私たちとは別世界の話になっちゃってるわよね」

すごい話だなと感心している場合ではない。小織にとっても、ホップ・ステップ・ジャンプのステップに当たる、大事なオフシーズンなのだ。

気になることは少し前からあった。美濤先生の小織に対する指導が、全日本選手権を境に変わってしまっていたのだ。一番大きな変化は、四回転の練習をさせなくなったことだ。小織のプログラムからも四回転を外してしまった。残りの大会については、四回転なしで戦えるようにしなさいと小織には言っていた。

もしかしたら諒子先生から直接意見でもされたのだろうかとも思ったのだが、何か言われたからといって、その通り方針を変えてしまうというのも美濤先生らしくない。もしそうなら、希和に刺激を与える存在として小織を使ったと堂々認めることになってしまう。

美濤先生なりの思惑《おもわく》で小織を希和の競争相手にしようとするのは構わないが、それはあくまで、小織のためにもなるということが前提でなければ困る。〈チーム希和」がカナダで始動することになり、次のステージに移った希和には無理して競争相手を用意する必要もなくなったから……という理由が、小織の四回転が封印された裏にあるとするなら、諒子先生が言っていたように、こちらも黙っているべきではないだろう。

「どうして四回転を外すことにしたんですか？」

三月に入り、シーズンも終盤を迎え、小織は愛知県選手権を一つ残すだけになっていた。インターハイでは長谷川莉子、小松早紀に続く三位として表彰台に立ったが、国体の少年女子ではミスが重なり、六位にとどまった。ほかの地方大会でも、表彰台のてっぺんには立てなかった。

四回転が抜けたことで、小織のプログラムからは固唾を呑んで見守るような緊張感が消えてしまった。それは演技の冒頭だけの問題ではなく、プログラム全体に影響を及ぼしているような気がしてならなかった。

もやもやしたものを感じながら付き添っている梨津子をよそに、美濤先生は個人レッスンの貴重な時間でも、小織に振り付け練習を繰り返させたりしている。まだ一つの試合を残しているとはいえ、それが終わればご破算となる振り付けだ。そろそろもっと先を見据《みす》えた練習を課してほしい気持ちもあった。

全日本選手権まで、梨津子は何も言わずに美濤先生に付いていくことができた。野心的で馬力のある美濤先生の指導は、引っ張られることの心地よさを感じさせてくれたし、試合に対する戦略や指導方針といったものが、詳しく説明されなくても感覚で理解できた。全日本の表彰台クラスを目指すという方向性からは外れていなかったからだ。

しかし、ここ二カ月ほどで、その信頼感は徐々に揺らいできた。美濤先生の考えていることが分からなくなってきていた。

だから梨津子は、小織の練習をリンクサイドでじっと見つめている先生の横顔に思い切って問いかけてみた。

「あれだけ練習したのに、全日本で失敗しただけでやめちゃうのはもったいないと思います」

そう続けると、美濤先生は横目で梨津子を一瞥《いちべつ》した。

「あれだけ練習してもできないんだから、しょうがないでしょう」彼女は無表情にそう言った。

「あのときはできなかったかもしれませんけど、練習では降りてたし、全日本ジュニアでも降りられたじゃないですか」

「降りられたというだけです。試合の武器にできるジャンプにはなってません」

「だからって、もう見切りをつけちゃうんですか？　もっと練習させれば完成度も上がってくるんじゃないですか？」

「難しいでしょうね」美濤先生は冷ややかに言った。「どちらにしても、クワドばかりにはこだわってられません。やることはほかにもあります」

「そうかもしれませんけど……でも、これだけやってきて、もったいないじゃないですか」

「別に、やってきたことが無駄だとは思いませんよ。それなりに得たものはあったはずです」

　確かに、四回転への挑戦は、小織を大きく成長させた。ジャンパーとしての自信が付いただろうし、実際、ジャンプ全般が堂々として見えるようになったのも気のせいではないだろう。しかし、それだけのことで、四回転の役割は終わったと言われても納得はできない。あれだけ何度も何度も怪我《けが》の危険を顧《かえり》みずに挑み続けてきたのが、それだけのためであってほしくはない。

「諒子先生に何か言われたんですか？」梨津子は訊いてみた。

「何の話ですか？」

美濤先生は眉を動かして梨津子を見た。

「いえ……諒子先生も四回転などやるべきじゃないって言ってたものですから」

梨津子がそう言うと、美濤先生の口もとが気のせいかと思うくらいにわずかだけ緩《ゆる》んだ。

「あの人の言いそうなことですけど、直接私に言うほどデリカシーがない人でもないでしょう」

「私は小織が美濤先生の教えを受けるようになってから、行く行くは全日本の表彰台を狙《ねら》わせるつもりでやってきました。美濤先生も同じ考えで指導してくださっていると思ってました。ここで四回転を捨てて、本当に小織は全日本の表彰台を狙える選手になれるんでしょうか？」

「私が言えるのは、このままクワドにこだわってても、その目標には届かないだろうということです。いずれまたクワドに挑むことがあるとしても、今はいったん忘れるべきときです」

いずれとはいつなのか。それを悠長に待っていられるほど、こちらにはもう余裕がないのだ。あと二年で結果を出して、スケートを続けられるお金が集まってくるような選手にならなければ終わりなのだから。

「希和にしても、アクセルだけであの成績を上げているわけじゃありません。今の力なら、ダブルに回避したとしても、全日本の表彰台はキープできるでしょう」

小織は希和ではない。その比べ方に意味があるとは思えなかった。

「シーズンが明けたら、先生も希和ちゃんと一緒にカナダに行かれるというのは本当ですか?」

美濤先生はまた梨津子をちらりと見た。

「おそらくそうなるでしょう。ずっと向こうにいるというわけではありませんが」

「先生がいない間、こちらはどうなるんですか?」

「アシスタントを付けます。こちらにいる間も連絡を密《みっ》に取って、指導に抜かりはないようにするつもりです。月に一週間はこちらに帰ってきて、直接指導します。夏の合宿もこちらに帰ってきます」

「それで本当に、十分な指導ができるんでしょうか?　私は不安です」

「小織もカナダに寄越《よこ》しますか?　そのつもりがあるなら何とかしますよ」

つまり、こちらが何と言おうと、カナダ行きの計画が見直されることはないということだ……梨津子は美濤先生の言葉をそう捉《とら》えた。そうなら、小織がのこのこカナダに行ったところで、以前の竹山麻美と同じ立場に立たされるのは目に見えている。

「うちにはそんな余裕はありません」

梨津子の返答に美濤先生は無表情で小さくうなずき、リンクに視線を戻しながらぽつりと言った。

「あなたはあなたの考えで行動すればいいと思います」

不満があるならクラブを去るのも一つの考えだと美濤先生の口から示され、梨津子は答えが出てしまったような気がした。

10

「美濤《みなみ》先生が私に四回転をやらせたのってさぁ、今考えると、いろんな意味があったんだろうなって分かるんだよねえ」

小織《さおり》は缶を片手に、体操座りした膝《ひざ》を抱《かか》えこんで言った。

「私もそう思う」千央美《ちおみ》がうなずいた。「さっきも言ったけど、小織ちゃんを派手に売り出したかったのよ。ただ、バネがあって跳べそうだからやらせてみたってことじゃないよ。だから、全日本の本番で失敗しても、練習で成功して花火はちゃんと打ち上げたから、よしってことだったのよ」

「うん……それに、私みたいなタイプを勢いに乗せるにはどうしたらいいか、よく分かってた気がする」

「小織ちゃんみたいなタイプ？」

「そう……たぶん私って、最初からプログラムの全体をレベルアップするみたいなことでやってたら、結局ノービスの頃と変わんない感じで、マイペースになってたと思うんだよね。自分ではがんばってるつもりでも」

「そっか……それが、いきなり四回転をやれって目が覚めるようなこと言われて……」

「何が何だか分かんないうちに、必死になってたもん。今までと同じやり方じゃいけないって思ったし、自分のギアを入れ替えなきゃ乗り切れない練習だったんだよね。でも、そういう気持ちって四回転だけじゃなくて、ほかの練習のときにも関係してくるから、気づいたら全部のレベルがそれなりに上がってて、曲がりなりにもジュニアの表彰台やシニアの十位台を取れるくらいになってたってことなんだと思う。私、あのシーズンであそこまでいけるなんて、最初は思ってなかったもん」

「なるほど」千央美はうなるように言った。「美濤先生もやることが憎いよね。小織ちゃんの意識改革もして、世間へのアピールもして、これからは四回転抜きで勝負する段階に入ったのよってわけだ」

「でも、その次の段階にはうまく乗れなかったんだよね……私がっていうより、お母さんが」

「え？　お母さんがどうしたの？」

「先生を替えちゃったの」

「え？」千央美が口をぽかんと開けて、小織を見た。

「『先生替わるから』って突然言われて……」

　小織はそのときの母の様子を思い返しながら、自分もそれを聞いたときは千央美と同じような顔をしていた気がして、少しおかしくなった。

三月の愛知県選手権で、小織はジュニアの部の二位に入るとともに、そのシーズンの幕を下ろした。

大塚聖奈《せいな》に続く二位とはいえ、点差は大きく、逆に三位の竹山麻美《あさみ》や四位の前田樹里《じゅり》とは僅差《きんさ》の争いだったこともあって、梨津子《りつこ》としては大いに不満の残るラストとなってしまった。

責任の一端は自分にもある気がしていた。大会までの一週間、梨津子は小織のケアに集中できていなかった。

理由ははっきりしている。

美濤先生への信頼感が揺らいでしまっていたからだ。

日に日に自分の心が離れていき、一つの決断をするべきときが近づいているのを感じていた。

愛知県選手権が終わった次の日から、美濤先生のグループレッスンと個人レッスンに、横川礼子《よこかわれいこ》先生という三十代半ばのコーチがアシスタントとして姿を見せるようになった。

礼子先生はかつて〔名桜《めいおう》クラブ〕のノービス世代を教えていて、千草《ちぐさ》先生と同じように、出産・育児のためにコーチ業を休んでいたものの、今回美濤先生の呼びかけを受けて復帰したということだった。

梨津子はこの、声がよく通ってきぱきとした物腰の先生が好きになれないというわけではなかった。希和《きわ》や樹里らにスケートのいろはを教えたというコーチの腕前も疑うつもりはない。しかし、小さな頃に指導を受けた樹里ほど、小織がすぐには彼女に懐《なつ》きようがないのと同様、梨津子も簡単に胸襟《きようきん》を開くことはできなかった。何より、彼女の着任は美濤先生が着々と〔チーム希和〕の帯同に向けて準備を整えていることの表れであり、梨津子たちはもはや黙ってそれを受け入れるしかないということが納得いかなかった。

礼子先生が合流して初めて梨津子に弁当当番が回ってきたとき、梨津子は二人の弁当を作ることに気が乗らない自分に気づき、そこで気持ちが固まってしまった。

美濤先生が世界選手権に向けて希和と一緒に日本を旅立った日、大須《おおす》では礼子先生の指導のもとにいつもと変わらない貸し切り練習が行われる予定になっていたが、梨津子は夕方前、小織を大須に送ると、彼女を残して長久手《ながくて》のスケートリンクに向かった。

少し前まで梨津子は四回転に未練があったが、美濤先生も今後はやらせないと言っている以上、そこは割り切らなければならないという考えになっていた。しかし、そうであるなら、美濤先生も諒子《りょうこ》先生もスタンスは同じだということだ。

長久手のスケートリンクを覗《のぞ》くと、諒子先生は一般滑走時間中のリンクに降りて、年少の選手たちを相手に手取り足取り教えているところだった。

梨津子はリンクサイドのベンチに座ってその様子を見守り、整氷時間を機に諒子先生がリンクから上がってきたところを捉《つか》まえた。

「こんにちは、先生、全日本のときにはお世話になりました。藤里小織の母でございます」

梨津子がそう挨拶《あいさつ》すると、諒子先生は「あら」と驚いたような顔をしてから相好《そうごう》を崩《くず》した。

「どうしたの、今日は？」

彼女は、小織の姿を探すようにあたりを見回してから、梨津子に目を戻した。

「ええ、ちょっと先生にご相談したいことがあるんですが、今よろしいでしょうか？」

「そうね、そんなに時間はないけれど、何かしら？」

歩きながら答える諒子先生に対し、梨津子は単刀直入に切り出すことにした。

「ええ、いきなりこんな話をして失礼かもしれませんけど、先生に小織の指導をお願いすることはできないかと思いまして」

「私に？」

「はい」

梨津子がうなずくと、諒子先生は「まあ」と目を丸くしてみせた。「何かと思ったら……」

「すいません。急にこんな話を持ちかけて」

「それは何？　ちゃんと考えた上で言ってることなの？」

「もちろんです」

「美濤さんは……ああ、世界選手権に行ってるのか」諒子先生は独り言のように言って、小さく吐息《といき》をついてから、悩ましげにうなった。「そうねえ……気持ちは分かるけど」

「美濤先生にはお世話になりましたけど、新しいシーズンの体制には不安がありです。『あなたの考えで行動しなさい』とも言われてるんで、こうやって諒子先生にお願いに来ました」

「そう……」諒子先生は立ち止まり、考えを巡らすようにどこかを見上げた。「でも、私と美濤さんじゃ、指導方針も違ってきちゃうわよ」

「もちろん、承知してます」梨津子は応《こた》えた。「四回転にこだわってるわけじゃありませんし、小織がまだまだいろんな面でレベルを上げなきゃいけないってことも理解してます。聖奈ちゃんみたいなきれいなルッツジャンプも小織は苦手にしてるんで、もしそれが克服できたら、それだけでも大きな進歩になると思います」

「フルッツを矯正《きょうせい》するのは、なかなか骨が折れるわよ。聖奈は逆にリップになるタイプだったから、割と簡単に直せたけど……」諒子先生はそんなことをぶつぶつと言ってから、ふうと大きく息をついて梨津子を見た。「分かったわ。お母さんも決心して来たんでしょうし、縁がないかと思ってたけど、私も小織ちゃんを教える運命なんでしょう。お預かりします」

「ありがとうございます」

梨津子はほっとした気持ちのまま、深々と頭を下げた。

「でもまあ、美濤さんにもお世話にはなったんでしょうから、そのへんはわだかまりのないようにしておいてよ。私が彼女に恨《うら》まれるのは嫌よ」

諒子先生はそんなことを冗談っぽく言い、「じゃあ、そういうことで」と梨津子に手を上げた。

イタリアで行われた世界選手権で、平松希和はトリプルアクセルを完璧に決め、初出場で金メダルに輝く快挙を成し遂げた。まさにシンデレラガールの誕生だった。前々年の世界女王・中谷真由子《まゆこ》は希和の後塵《こうじん》を拝《はい》す銅メダルにとどまり、日本女子エースの新旧交代を印象づけるような大会ともなった。

帰国した希和が空港でファンに出迎えられる姿や記者会見の様子などが、テレビのスポーツニュースで報道された。記者会見の席では、希和の口から、来シーズンに向けて練習拠点を海外に置く計画を立てていることなどが簡単に語られた。竹山芙由美《ふゆみ》がこぼしていたように、画面の中で来シーズンの抱負《ほうふ》を語る希和は、もう別世界に行ってしまった人間のように遠く感じられた。

希和と美濤先生は関係各所への挨拶や報道取材に忙殺《ぼうさつ》されているらしく、その後三日ほど、大須のリンクには姿を見せなかった。希和の姿はテレビのローカルニュースで、名古屋市長などを表敬訪問している様子として見ることができるくらいだった。

三月最後の夜、ようやく希和が夜の練習に姿を現し、美濤先生も指導の場に復帰した。

練習前、梨津子は和歌子《わかこ》にも希和本人にも、祝福の言葉をかけた。和歌子は相変わらずおごったところのない物腰で控えめに礼を返し、希和は希和で、はにかんだように小さく頭を下げて梨津子の言葉に応えていた。テレビを通して見るのとは違い、その様子は今シーズンずっと近くで見てきた彼女と何ら変わりなく、こんな普通の少女が世界女王であるということに不思議な感覚さえ湧《わ》く思いがした。

美濤先生もさすがに世界選手権からの所用続きで疲れが出てきた頃らしく、練習中はベンチに座っている時間が多かったが、表情にはひとまずの達成感のようなものがうかがえ、選手たちへの指示も心なしか穏やかに聞こえた。梨津子に当番が回り、これが最後だと思っていれてきたコーヒーも、美濤先生はいつか小織が四回転を降りた日のように、ゆっくり味わいながらおいしそうに飲んでいた。

練習が終わったあと、指導員室に向かう美濤先生を追って声をかけた。

四月から〔尾張《おわり》サンライズ〕に移ることにしました……梨津子はそう言った。

「そう……分かりました」

美濤先生は表情を変えず、それだけの言葉を返して指導員室に入っていった。

〈下巻へつづく〉

図解

フィギュアスケートの「ジャンプ」と「スピン」

ジャンプ

ジャンプは、大まかに「トウジャンプ」と「エッジジャンプ」の二種類に分けることができます。

※足の左右の表記は、反時計回りの回転ジャンプの場合。

・トウジャンプ：ルッツ、フリップ、トウループ

ジャンプの踏み切りの際に、氷から浮かせている方の足（フリーレッグ）のトウを氷に突き刺し、「てこの原理」を利用して跳び上がる。

・エッジジャンプ：アクセル、ループ、サルコウ

体重を乗せて滑らせている足（スケーティングレッグ）で、トウは使用せずに踏み切って跳び上がる。

図解イラスト：貴木まいこ

アクセル（Axel）

六種類のジャンプの中で、もっとも難易度が高い。ジャンプの中では唯一、前向きの姿勢から跳ぶ。跳ぶ瞬間は、左足のアウトサイドエッジに乗っている状態から踏み切る。ジャンプはすべて後ろ向きの状態で着氷（右足ランディング）するため、アクセルは他のジャンプよりも半回転多く回転して着氷しなければならない。「トリプルアクセル」ならば、空中で三回転半回って着氷する。ゆえに、難易度が最も高いジャンプと言われる。

ルッツ（Lutz）

アクセルの次に難易度の高いジャンプ。後ろ向きで、左足のアウトサイドエッジに乗って滑っている状態から、右足のトウを氷に刺して踏み切る。一般的に、ジャンプを飛ぶ前のバックスケーティングが、他のジャンプと比べて長い。しかし、ジャンプの前にステップを入れると点数が高くなるため、バックスケーティングを短くして、ステップから直ちにルッツジャンプを飛ぶ選手も増えている。

フリップ (Frip)

ジャンプをする瞬間は、後ろ向きの姿勢で左足インサイドに体重を乗せ、右足のトウを氷に突き刺して踏み切る。ルッツジャンプが踏み切る直前に、滑っている方(右足)の足がアウトサイドエッジに倒れているのに対し、インサイドエッジに倒れているのがフリップジャンプ。本文中では、岩中諒子先生が、「フルッツを矯正するのは、なかなか骨が折れる」(上巻二七一頁)と言っている。「フルッツ」とは、ルッツを飛ぶつもりが、跳び上がる瞬間にインサイドエッジに乗ることで、難易度が低いフリップになってしまったジャンプのこと。

ループ（Loop）

後ろ向きでジャンプ前のポーズをとり、踏み切る瞬間は、イスに座るように沈み込む動きになる。両足でジャンプ前のポーズをとるが、ジャンプは右足で跳ぶ。コンビネーションジャンプのセカンドとして、トウループジャンプの次に跳ぶことが多いジャンプ。

サルコウ（Salchow）

後ろ向きの状態で、ジャンプを踏み切る足（左足）のインサイドエッジに乗り、もう片方の足を振り子のように前に振り上げた力と、助走の勢いを利用して跳ぶ。トウループの次に、四回転にチャレンジされることの多いジャンプ。

トウループ（Toe loop）

六種類のジャンプの中で、もっとも難易度が低いジャンプ。後ろ向きの状態で、滑っている方の足（右足）のアウトサイドエッジに乗り、左足のトウを氷に突き刺して跳び上がる。コンビネーションジャンプの、セカンドジャンプとして取り入れられることが一番多い。また、四回転ジャンプでも、このジャンプがもっとも挑まれている。

スピン

スピンには、*三つの基本姿勢（アップライト系スピン、シット系スピン、キャメル系スピン）と、基本姿勢に変化を加えたバリエーションがある。
＊ISU（国際スケート連盟）の定義による

基本姿勢以外に、変化を加えたバリエーションスピンを組み合わせた「コンビーネションスピン」、ジャンプを入れる「フライング系スピン」、回転の途中で足を替える「足替えスピン」などもある。

アップライトスピン

基礎点の一番低いスピン。基本姿勢は、膝を伸ばし直立した状態で、軸足とは反対の足を前にクロスさせて回る。軸足とは反対の足を、後ろにクロスさせるなどのバリエーションがあるが、膝が大きく曲がってしまうと、アップライトスピンとして認められない。

シットスピン

名称の通り、座ったような姿勢で回るスピン。回転している軸足とは反対の足（フリーレッグ）を、体の前に出した姿勢が基本だが、足を横に出したり、軸足の後ろにクロスした状態などのバリエーションもある。シットポジションは、フリーレッグが氷とほぼ平行になっている姿が美しいと言われている。

キャメルスピン

軸足を氷に対して垂直に伸ばした状態で、上半身と片方の足を水平になるように倒す。ちょうど「T」の字になるような姿勢。インサイドエッジとアウトサイドエッジを使い分けて回転したり、上半身をひねるなど変形姿勢をとることでさまざまなバリエーションが生まれる。

レイバックスピン

上半身を後ろに反らせた姿勢で回るスピン。基本姿勢以外にも、上半身を横に反らせたり、回転しながら手に動きを付けるなど、さまざまなバリエーションがある。

ドーナツスピン

キャメルスピンを変形させたスピン。水平に上げた足を曲げて、エッジの部分を手で持ち、頭の後ろでキープする。上から見た際に、上半身と手で持っている足がドーナツのように丸く見える。

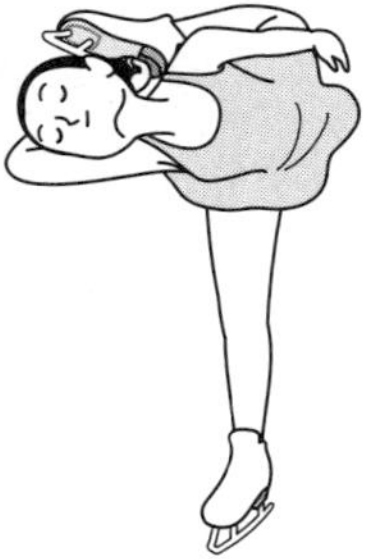

ビールマンスピン

後ろに上げた足のエッジを持ち、上へ引き上げる。高い柔軟性がなければできないスピン。デニス・ビールマン選手が、一九八一年に世界で初めて競技で行なったことから、この名前がついた。

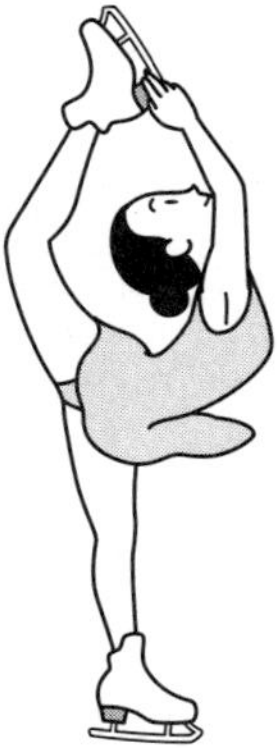

この作品は、二〇一一年十一月にＰＨＰ研究所より刊行された。

本書はフィクションであり、実在の人物、団体等とは一切関係ありません。

著者紹介
雫井脩介（しずくい　しゅうすけ）
1968年愛知県生まれ。専修大学卒。
2000年に第4回新潮ミステリー倶楽部賞受賞作『栄光一途』でデビュー。05年に『犯人に告ぐ』で第7回大藪春彦賞を受賞。
主な著書に、『クローズド・ノート』『犯罪小説家』『殺気！』『ビター・ブラッド』『つばさものがたり』『途中の一歩』『検察側の罪人』『仮面同窓会』などがある。

PHP文芸文庫　銀色の絆（上）

2014年11月25日　第1版第1刷

著者　雫井脩介
発行者　小林成彦
発行所　株式会社PHP研究所
東京本部　〒102-8331　千代田区一番町21
文藝出版部　☎03-3239-6251（編集）
普及一部　☎03-3239-6233（販売）
京都本部　〒601-8411　京都市南区西九条北ノ内町11
PHP INTERFACE　http://www.php.co.jp/
組版　朝日メディアインターナショナル株式会社
印刷所　図書印刷株式会社
製本所　東京美術紙工協業組合

ISBN978-4-569-76254-8